Brigitte Wiers

Mutter – was ist Krieg?

© 2018 Brigitte Wiers
www.wiers.de
Herstellung und Verlag:
BoD – Books on Demand, Norderstedt

Printed in Germany
1. Auflage 2018

ISBN: 9 783746 093369
Titelbild: Brigitte Wiers

Inhalt

In Zeiten des Krieges

ich sah, ich kam, ich hörte

und wusste doch von nichts

zu gut waren die Lügen verpackt

und die Wahrheit eingesackt

Das Ende der Beschaulichkeit

Dieser Sommer war anders als jeder andere, auf den ich mich besinnen konnte. Ich spürte, dass eine Veränderung vor sich ging und kam aus der Aufregung nicht heraus. Doch was hinter dieser Aufregung stand, konnte ich zunächst nicht ergründen. Der Sommer des Jahres 1939 war ein heißer Sommer, und es herrschte eine trügerische Idylle – die Ruhe vor dem Sturm.

Papa hatte als Malermeister einen größeren Auftrag erwischt, der endlich mehr Geld in unsere letztlich recht magere Haushaltskasse brachte. Nun könnte er es sich endlich leisten, wenigstens einen Teil der Familie in Urlaub zu schicken. Ja, der Mama merkte man schon an, dass sie als Geschäftsfrau und als Mutter von sechs Kindern mal ein wenig Ruhe nötig hatte, und den Papa plagte seine alte Krankheit mehr denn je. Was lag da näher, als wenigstens einige seiner Kindern während der Schulferien aufs Land zu schicken, damit er und Mama sich mal drei Wochen lang zu Hause erholen konnten, denn den Malerbetrieb einfach zu schließen und einen gemeinsamen Familienurlaub zu starten, das lag doch nicht drin.

Um Miriam, meine ältere Schwester, brauchten die Eltern sich keine Gedanken machen – sie absolvierte gerade ihr hauswirtschaftliches Jahr in einem Kinderheim in Bielefeld, und mein Bruder Hans, der seit einiger Zeit eine Klosterschule für Behinderte in Assmannshausen besuchte, hatte seine Schulferien, die dort früher begonnen hatten, bereits zu Hause verbracht. Inzwischen war er wieder ins Internat zurückgekehrt. Es ging also nun darum, zu überlegen, wo meine Brüder Konni und Georg und meine Schwester Anna und ich, ihre kleine Schwester Eva, die Ferien verbringen konnten.

Papa studierte eifrig die Zeitschrift „Wald und Feld", in der zur Sommerzeit häufig Ferienplätze für Kinder angeboten wurden. Die Schulferien auf dem Lande zu verbringen, müsste doch herrlich sein für seine Trabanten, die hier in Gelsenkirchen – der Stadt der tausend Feuer – kaum grüne Flächen mit lebendiger

Natur kannten. Und siehe da, Papa wurde fündig. Da bot ein Förster im Sauerland gleich zwei Ferienplätze an. War das nicht was für seine großen Jungen? „Toll", meinten die, „da dürfen wir sicher mal mit auf die Jagd gehen und vielleicht sogar einen echten Bock schießen."

Ja, und nicht weit vom Forsthaus entfernt, gab es einen Bauernhof, auf dem Anna Ferien machen konnte, denn dort suchte man ein schon etwas größeres Ferienkind. So weit, so gut! Doch was blieb für mich übrig? Wie gerne hätte ich zusammen mit meiner Schwester den Urlaub verbracht, aber für ein neunjähriges Mädchen wie mich gab es dort kein Angebot. Dabei fand die Mama, dass gerade ich Ferien auf dem Lande besonders nötig hätte„ denn ich sähe in letzter Zeit doch sehr blass aus.

„Keine Sorge", meinte Papa, für dich werden wir auch noch einen guten Urlaubsplatz finden. Ach, ich glaube, hier ist was für dich. Also, wie findest du das?"

„Bauernhof im Bergischen Land,
wo es noch glückliche Tiere gibt,
bietet Ferienplatz zu günstigem Preis."

Das hörte sich doch recht verheißungsvoll an, und so fieberte auch ich meiner Traumreise entgegen. Endlich raus aus der Stadt und hinein ins Landleben mit vielen schnuckeligen Tieren, Stallgeruch und Strohlager!

Nun, jener Sommer 1939 war ein richtiger Schön-Wetter-Sommer, und als Anfang August die Schulferien in Westfalen begannen, schien die Welt trotz leichten Rumorens noch in Ordnung zu sein. Mama hatte für meine Brüder, meine Schwester und mich je ein Köfferchen gepackt, und gemeinsam fuhren wir mit dem Zug zunächst ins Sauerland. Unser erstes Ziel war das Forsthaus bei Berleburg. Das Tal - in dem die Försterei lag - war eingebettet zwischen Hügeln und Bergen. Die Wälder rundum waren dunkel und dicht. Hier könnte Rotkäppchen dem bösen Wolf begegnet sein. Unvermittelt tauchte das idyllische

Forsthaus vor uns auf. Über dem Eingang hing majestätisch ein riesiges Hirschgeweih. Und während wir noch unsicher durch den Vorgarten auf das Haus zugingen, öffnete der Hausherr bereits die Tür, um uns zu begrüßen. Freundlich bat er uns ins Haus. Das Stübchen mit seiner niedrigen Holzdecke und den schlichten Holzmöbeln heimelte mich an. Wir nahmen auf dem Sofa Platz und tranken frischen Kräutertee. „In stillen Nächten, wenn der Mond hell scheint", erzählte der Förster, „kommt das Wild auch schon mal auf die Wiese vors Haus. Wir haben sogar ein zahmes Reh hier, das Gretchen. Es hatte seine Mutter verloren. Da mussten wir es mit der Flasche aufziehen."

Meine Brüder starrten den Förster voll Bewunderung an. Unter seinem Blick wurden sie zahm wie Lämmer. Oder sollte ich besser sagen, zahm wie Rehe? Dabei ahnte ich schon, dass es nicht lange dauern würde, bis sie sich wieder in wilde Böcke verwandelten. Ach, wie beneidete ich meine Brüder darum, dass sie in diesem Paradies ihre Ferien verbringen durften.

Meine Reise jedoch ging vom Forsthaus aus mit Mama und meiner Schwester zunächst weiter zu dem kleinen Bauernhof in der Nähe von Berleburg, wo Ulla bereits von einem freundlichen Ehepaar erwartet wurde. Der Hof machte einen guten Eindruck. Durch die geöffneten Stalltüren sah man starke Ackergäule mit glänzendem Fell in frischem Heu staksen. Neben dem Hof breitete sich ein wogendes Kornfeld aus, dessen Gold-Gelb nur unterbrochen wurde vom leuchtenden Rot des Klatschmohns an seinen Rändern.

Ja, genau so hatte ich mir einen Bauernhof vorgestellt. Würde *mein* Ferien-Domizil ebenso idyllisch sein? Anna jedenfalls hatte Glück! Sie wurde mit großer Herzlichkeit von ihren Gasteltern empfangen und erhielt gleich die Erlaubnis, sich überall auf dem Bauernhof frei bewegen zu dürfen. „Wenn du möchtest, nehmen wir dich gern mal mit zum großen Teich, um dort Forellen zu fangen", boten ihr die Söhne des Bauern an. Die Aussicht auf solche Abenteuer machte Anneken glücklich und mich ein wenig neidisch. Zu gerne wäre auch ich auf diesem Hof geblieben, doch davon wollte Mama nichts wissen. „Das geht nicht", sagte sie, „schließlich haben wir der Familie im Westerwald zugesagt, dass du während der Ferien zu ihnen kommst. Und was man verspricht, das muss man halten." Ich war enttäuscht und zog ein langes Gesicht. Doch schließlich tröstete mich der Gedanke, dass es ja auch auf meinem Bauernhof Pferde und Kühe geben würde. „Also lass uns weiterfahren, Mama", sagte ich, und so fuhren wir los.

Diesmal saß ich mit Mama allein im Abteil. Der Zug ratterte gleichförmig dahin, während draußen die Landschaft sich zusehends veränderte. Hatte mich zuvor im Sauerland der Wechsel von Bergen und Tälern, Wäldern und Feldern mit dazwischen gestreuten malerischen Dörfern entzückt, so sorgte jetzt eine trostlose Eintönigkeit bei mir für eine gedrückte Stimmung. Das Land wurde flacher, die einzelnen Gehöfte lagen weit auseinander, Feld reihte sich an Feld. Es fehlten die grünen Wälder, die bunten Hecken, die malerischen Hügel. Ich entdeckte kaum etwas, das mein enttäuschtes Gemüt streichelte. Endlos zog die Ebene an uns vorbei, ratterte der Zug weiter. Wann waren wir am Ziel? Wo war die Endstation? Der Zug hielt so oft an irgendwelchen unbedeutenden Orten mit unbekannten Namen. Irgendwann hieß es dann endlich: „Wir sind da, hier müssen wir aussteigen."

Mama und ich waren die einzigen Passagiere, die nun den Zug verließen. Rund um den kleinen Bahnhof breitete sich Ödnis aus. Von der viel besungenen Schönheit des Westerwaldes entdeckte ich in diesem Randgebiet keine Spur. Neben dem ungesicherten Bahngleis stand regungslos eine Frau mit seltsam abgehärmten Gesichtszügen. Trotz der Hitze des Tages trug sie ein knöchellanges graues Baumwollkleid und derbe Schnürschuhe. Um die Haare hatte sie ein dunkles Kopftuch gebunden, das fast ihre Augen verhüllte. Als wir uns suchend umschauten, kam sie langsam auf uns zu. Ihr Mund war schmal wie ein Strich. Bei ihrem Anblick stockte mir fast der Atem.

„Das ist sicher unser Ferienkind", brummelte sie mit rauer Stimme. Dabei klapperten ihre falschen Zähne geräuschvoll aufeinander. „Na, denn kommen Se man", forderte sie uns auf und führte uns zu einem Leiterwagen. „Klettern Se man da hoch, ich fahr Sie dann zum Hof meiner Schwester."

Mühsam krabbelten Mama und ich mit unserem Gepäck auf den grob zusammen geschusterten Karren, die Frau knallte mit der Peitsche, das Pferd wieherte und der Wagen holperte beschwerlich den ungepflasterten Feldweg entlang. Wir hielten vor einem wenig einladenden alten Backsteinbau an einer staubigen Straße. Hier also sollte ich während der nächsten drei Wochen meine Ferien verbringen? Der Rasen vor dem Haus war ungepflegt und von der Sonne verbrannt. Zu beiden Seiten der Steinstufen, die zur Eingangstür hinauf führten, standen zwei jämmerliche Rosensträucher. Unsere Gastgeberin, Frau Wunderlich, die ähnlich hart wirkte wie ihre Schwester, öffnete die Tür und führte uns zu einem altmodischen Sofa, auf dessen Armlehnen zwei ehemals weiße Spitzendecken prangten. Sie selbst setzte sich uns gegenüber auf einen der harten Holzstühle, den Rücken gerade gestreckt und starrte uns herausfordernd an. In allen vier Ecken des Raumes standen kleine Tischchen, auf denen es von Nippesfiguren wimmelte. Nicht ein Fenster war geöffnet. „Von wegen der Fliegen", sagte die Frau. Was sollte das heißen: „von wegen der Fliegen"? In diesem Raum surrte es ja nur so von diesen kleinen Viechern. Sollten die etwa nicht raus? Die Luft roch nach Staub und frisch gekochten Bohnen. Ein fetter, alter Kater kam durch die Tür geschlichen, beäugte uns und schlich miauend wieder raus. Ob er draußen Mäuse fängt? dachte ich. Besser wäre es ja, er würde hier drinnen Fliegen fangen.

„Wollen Se sich mal mit ihrer Tochter draußen umsehen?" fragte die Frau. Mama und ich folgten nur allzu gern dieser Aufforderung, schon um der trostlosen Stimmung des Hauses zu entgehen. Am Himmel standen vereinzelte Lämmerwölkchen; eine hing direkt über dem Kirchturm neben dem Friedhof, wo sich die Eidechsen zwischen den Gräbern in der Sonne wärmten. Die Mittagshitze schien jeden Laut zu unterdrücken. Die Hähne schwiegen. Die Schweine dösten. Die Pferde standen mit gesengtem Kopf im spärlichen Schatten. Lautlos strich eine Katze aus der Tür und streckte sich mit hochgezogenem Buckel. Alles war leise, nicht einmal die Hühner gackerten. Nur in den Ästen der Weide gurrten einige Wildtauben. Aus der aufgesperrten Küchentür kroch muffige Wärme und auf dem Herd klapperte der Kochtopfdeckel über brodelnden Blasen.

„Das Essen ist fertig", rief die Hausfrau, und gehorsam betraten wir wieder die Stube. Ein großer Schatten schlich mit uns ins Haus. Es war der Hofhund. Sein Äußeres war ruppig, das Fell struppig und zerfetzt. Ein Ohr war sozusagen futsch. Wohin? Das weiß ich nicht, ich weiß auch nicht, wann und wo ihm sein rechtes Auge abhanden gekommen ist. Den Namen aber, den hatte er weg – „Einaug" hieß er und das zu Recht. In was für ein Horrorhaus war ich nur geraten? Wie sollte ich es hier drei Wochen lang aushalten? Ich war drauf und dran, der Mama zu sagen, mich gleich wieder mit nach Hause zu nehmen, da erschien im Türrahmen ein junges Paar – er, der Sohn der Bäuerin, ein Mann mit freundlichem Gesicht, sie, eine junge Frau mit lachenden Augen und lustigen Grübchen in den Wangen. „Hallo", riefen die beiden fröhlich, „endlich kommt frisches Leben in dieses Haus. Du bist sicher das Ferienkind, nicht wahr? Also, dann herzlich willkommen."

Bei dieser freundlichen Begrüßung wurde mir richtig warm ums Herz. Und als Mama sich wenig später von mir verabschiedete, da glaubte ich, dank des jungen Paares doch noch schöne Ferien auf diesem Hof erleben zu können. Zu meiner Enttäuschung aber fuhren der Sohn und die Schwiegertochter gegen Abend wieder fort. Von da an war ich die ganzen Tage allein mit der stets mürrisch dreinblickenden Bäuerin. Den Bauern - einen alten, schweigsamen Mann - bekam ich kaum zu Gesicht. Nachbarkinder ließen sich auf diesem Hof nicht blicken, das nächste Gehöft lag allzu weit entfernt. Ich langweilte mich schrecklich. Damit ich jedoch nicht auf dumme Gedanken kommen sollte, wurde ich von der Bäuerin dazu verdonnert, jeden Tag bei anhaltender Sonnenglut draußen vor dem Haus Bohnen zu pflücken, Bohnen, Bohnen, nichts als Bohnen! Sie waren wohl das einzige essbare Grünzeug, das der verwilderte Garten hergab. Und nach dem Abrupfen musste ich die Bohnen schnibbeln - Bohnen, Bohnen - nichts als Bohnen! Bohnen fürs Mittagessen, Bohnen zum Einkochen, Bohnen für den Schweinetopf.

Wären wenigstens Tiere da gewesen, mit denen ich mich hätte anfreunden können. Doch der Kater war ein Einzelgänger, die Katze ließ sich nicht streicheln, der Hund wich jeder Berührung aus, das einzige Pferd dort musste ständig den Pflug ziehen, und die Kühe blieben Tag und Nacht weit draußen auf ihrer Weide. Statt der erhofften Kuscheltiere fanden sich nur die lästigen Fliegen ein. Zu jeder Mahlzeit kam eine Unzahl dieser kleinen Ungeheuer und speiste uneingeladen mit. Und eine nicht weg zu scheuchende Heerschar dieser aufdringlichen Biester war offensichtlich darauf aus, mich bei lebendigem Leibe zu verzehren. Sie begnügten sich nicht damit, über die Tischkrümel herzufallen, nein, sie setzten sich auch überall auf meine Haut. Es war, als hätten sie mir den Krieg erklärt. Ich schien ihr bevorzugtes Opfer zu sein. Je mehr ich um mich schlug, desto hartnäckiger wurden ihre Angriffe.

„Verdammt noch mal! Kannst du nicht mal beim Essen stillsitzen?" schnauzte mich die Bäuerin an. Ja, wie denn? Die verhassten Fliegen ließen mir doch keine Ruhe. Selbst im Schlaf verfolgten sie mich, selbst unter der Bettdecke war ich vor ihnen nicht sicher, mindestens eine von ihnen wählte immer das kleine Stückchen Haut, das von mir als Landeplatz hervorschaute. Ich wurde immer unruhiger, immer zappeliger, hatte keine Spielkameraden, mit denen ich hätte spielen können, keine Tiere, mit denen ich hätte schmusen können. Es gab nur Fliegen, immer und überall Fliegen. Zu allem Überfluss hinterließen sie auf meinem weißen Leinenhütchen - das seit meiner Ankunft einsam an der Garderobe hing - ihre unzählbaren schwarzen Punkte als sichtbare Zeichen: *„Seht her, wir waren hier, wir sind die wahren Beherrscher dieses Hauses".* Ja, selbst das Bild der Muttergottes war übersät mit Fliegendreck. „Dat soll die Madonna mal nicht so übel nehmen", meinte die Bäuerin, „da haben die Fliegen nur ein bisschen drauf geschietet."

Wie sollte ich dieses Haus lieben mit seinen mürrischen Bewohnern und seinen Scheiß-Fliegen? Drei Wochen, Herrgottnochmal, drei solcher Wochen waren einfach zu viel für mich. Als Mama dann unerwartet bereits in der zweiten Woche auftauchte, um mich abzuholen, wurde ich fast närrisch vor Freude. Hatte sie geahnt, wie sehr ich mich nach Hause sehnte? Nein, das hatte die Mama nicht gewusst. Erst jetzt wurde ihr bewusst, wie verwahrlost der Bauernhof wirkte, wie trostlos der Aufenthalt für mich hier gewesen sein muss. Mein ehemals weißes - jetzt schwarz gesprenkeltes Leinenhütchen - ließ sie angeekelt an der Garderobe hängen. Doch *warum* sie bereits am Tag zuvor meine Geschwister aus ihren Ferienquartieren abgeholt hat und nun auch mit mir vorzeitig nach Hause fuhr, das hat sie erst auf der Heimreise erzählt.

„Weißt du", sagte sie, und die Worte sprudelten nur so aus ihr heraus, „der Abt des Franziskaner-Klosters in Assmannshausen, in dem unser Hansel zur Schule geht, hat angerufen und gesagt, wir müssten ihn sofort dort abholen, das Klosterpensionat solle nämlich in ein Lazarett umgewandelt werden. Da wurde mir klar, dass es bald Krieg geben wird, und da wollte ich, dass unsere Familie nun zusammen ist."

Bei diesen Worten durchlief mich ein Zittern, und im Nachhinein kam mir die entsetzliche Fliegeninvasion in meinem Ferienquartier vor, wie die Ankündigung der Schrecken des kommenden Krieges.

Mutter, was ist Krieg?

Das Ende des Sommers 1939 werde ich nie vergessen! Die drohende Kriegsgefahr wurde immer greifbarer, darum hatte Mama mich ja vorzeitig aus meinem Feriendomizil vom Lande abgeholt. „Mama", fragte ich sie später, „Mama, was heißt das, es gibt Krieg?" Darauf hatte die Mama zunächst nicht geantwortet – allzu schrecklich waren wohl die Erinnerungen an den ersten Weltkrieg, die ihr in diesem Moment im Kopf herum wirbelten. Erst später, als der Krieg tatsächlich begonnen hatte, brach es aus ihr heraus: „Der Mensch, der soll gut sein, tolerant, hilfsbereit. Der Krieg aber ist ein Verbrechen gegen die Menschlichkeit. Er weckt das Böse in den Menschen! Er bringt Tod und Verderben und zerstört alles, was gut und was schön ist - unsere Träume, unsere Hoffnungen, ja, vielleicht auch unser Leben.

„Aber Mama", warf ich ein, „es heißt doch, der Krieg würde nicht lange dauern. Bald soll es wieder Frieden geben."

„Ach Gott", sagte die Mama, „ich fürchte, auch diesmal wird die Dummheit wieder über die Vernunft siegen. Genauso wie damals, 1914! Da hieß es auch, der Krieg würde sicher in wenigen Wochen beendet sein. Doch dann dauerte er vier lange Jahre. Müssen wir nicht fürchten, dass die Menschen auch diesmal wieder den Kopf so lange in den Sand stecken, bis es eines Tages ein fürchterliches Erwachen gibt?"

Wer konnte diese Frage schon beantworten? Vielleicht hätte der Papa einiges dazu sagen können. Er hat den ersten Weltkrieg als Sanitätsgefreiter miterlebt. Es gibt viele Fotos von ihm aus dieser Zeit, die er als Feldpostkarten an seine Familie geschickt hat. Darauf steht er vor irgendwelchen Zelten in Serbien oder sonst wo auf dem Balkan - umringt von einigen schon halb genesenen Lazarettinsassen - und blickt zuversichtlich in die Kamera. Doch von dem Leiden der Verwundeten und den von Granaten zerfetzten Leichen, die das Schlachtfeld säumten, davon hat Papa nie gesprochen, und dazu sagen auch die Fotos nichts.

Er selbst hat durch einen Granatsplitter eine Narbe davon getragen, eine Narbe an der rechten Wange, ein glatter, sauberer Schnitt. „Sie waren wohl in einer schlagenden Verbindung?" wurde er schon mal von Akademikern gefragt. Darauf gab Papa keine Antwort, er setzte nur ein geheimnisvolles Lächeln auf und behielt die Wahrheit über diesen angeblichen Schmiss ebenso für sich, wie sein Wissen um das Grauen des Krieges.

Die Mama aber quälten Visionen von Not und Elend im Land, von Tod und Verderben an der Front. Was sie jedoch *nicht* voraussah, das waren die Bombennächte, die brennenden Städte -einen Krieg, der sich nicht nur auf dem Schlachtfeld austoben, sondern ebenso die Zivilbevölkerung in der Heimat treffen würde. Nein, soweit gingen ihre Visionen nicht. Dieses Ausmaß des Krieges sollte sich ja erst allmählich entfalten, sich dann immer weiter ausdehnen und wie eine Apokalypse nicht nur unser Land, sondern den halben Kontinent überfallen. Wer aber wollte schon im Voraus die ganze schreckliche Wahrheit wissen? Wir arrangierten uns einfach mit den Situationen, so wie sie kamen, spielten unseren Part mit und wurden unschuldig schuldig. Zwar spürte jeder bewusst oder unbewusst, dass etwas Grauenvolles auf uns zukam, aber wir nahmen es zunächst einmal hin. So ist es eben! Wir haben Krieg, daran können wir nichts ändern! Nur sollten wir jetzt zusammenhalten. Wer weiß, wie sich die Dinge noch entwickeln? Auch ich machte mir als Kind wenige Gedanken über den Krieg und fragte nicht mehr nach dem *Wie* und dem *Warum*. Wenn man jung ist, denkt man weder an die Vergangenheit, noch an die Zukunft, man lebt nur der Stunde.

Im Anfang trottete die Zeit des Krieges ja noch in sanfter Trägheit dahin. Die Propagandawelle aber lief bereits auf Hochtouren. Das Feindbild wurde immer hasserfüllter. Meist hörten wir nicht hin, doch das schleichende Gift drang unbewusst in unsere Hirne. Nur wenige waren dagegen gefeit. In der Heimat lichteten sich allmählich die Reihen unter den Freunden meiner Brüder, diesen jungen Burschen, die gerade erst die Schule beendet hatten und nun ihr Wissen dafür einsetzen mussten, wie man ein Gewehr zusammensetzt, eine Kanone in Stellung bringt. Viele packte gar kriegerischer Überschwang, viele meldeten sich freiwillig zur Wehrmacht. Auch mein Bruder Toni konnte es kaum erwarten, Soldat zu werden. Doch noch war er zu jung, noch wurde er nicht genommen. So tobte er sich weiter beim Jungvolk aus und sog dort begeistert die pseudo-romantische Burschenherrlichkeit ein mit Lagerfeuern, Kräftemessen und dem Schmettern zackiger Lieder. Zunächst schien alles noch Spiel zu sein, das Abenteuer stand im Vordergrund. Die Hitlerjugend fühlte sich als Hoffnungsträger für eine neue Zukunft. Individualität galt ihnen nichts, stattdessen waren Ehre, Treue und Kameradschaft gefragt. Und die Fahne, ja, die flatterte ihnen stets voran, denn: *„die Fahne ist mehr als der Tod!"*.

Für viele wurde die „Hitlerjugend" eine Art Ersatz-Wehrmacht, bis sie wirklich Soldat werden mussten und aus ihrem Spiel bitterer Ernst wurde. Mein Bruder Georg aber - nur ein Jahr älter als Toni - war gegen solche Verführungen gefeit. So - wie er sich schon dem Jungvolk verweigert hatte - dachte er auch nicht daran, freiwillig zum Barras zu gehen. „Warum soll ich meine Knochen für etwas hinhalten, hinter dem ich nicht stehe? Wenn sie mich haben wollen, müssen sie mich schon holen."

Nach dem *Blitzkrieg* in Polen befand sich das ganze Land im Siegesrausch. Viele Deutsche fühlten sich nun als Herrenmenschen. Wie sollten denn unbedarfte Zivilisten den schrecklichen Hintergrund des Überfalls auf andere Länder durchschauen, wenn selbst erfahrene Generäle machtbesessen mitspielten? Wir hingen vor den Radiogeräten und begeisterten uns an den Siegesmeldungen. Die Helden und ihre Geschichten waren die Würze der Kriegspropaganda. Ihr Glanz ließ etwaige Zweifel am Sinn des Krieges verblassen. Und wenn es Menschen gab, die das bittere Ende des Weges ahnten, auf den der *Führer* uns führte, so wagten sie nicht, sich anderen mitzuteilen. *„Vorsicht, der Feind hört mit"* warnten allenthalben riesige Plakate. Doch der allgegenwärtige Feind, das waren weniger die fremden Spione, die mithören konnten, sondern eher die Denunzianten im eigenen Volk, die bereit waren, diejenigen anzuzeigen, die eine andere, eine kritischere Meinung vertraten.

Ich selbst war damals - ebenso wie viele andere - weit davon entfernt, dies zu durchschauen. Fast sorglos lebte ich weiter in den Tag hinein. Für mich war der Krieg bisher kaum spürbar geworden. Zwar gab es schon Lebensmittelmarken, doch noch musste niemand wirklich hungern. Zwar kannte ich einige von den jungen Männern, die man bereits eingezogen hatte, doch meine Brüder waren bisher nicht darunter. Auch der Kanonendonner von den Fronten hallte noch nicht bis in unser Land hinein. Das Jahr – es hatte 365 Tage – und noch haben wir nicht jeden Tag gelitten.

Die braune Saat

Es kam das Jahr 1941. Das Klima in Deutschland veränderte sich, auch wenn es mir zunächst kaum bewusst wurde. Die Kriegs- und Nazi-Propaganda erfasste allmählich jeden Winkel des Landes, jeden Bereich des Lebens. Presse, Rundfunk, Film und Werbung waren alle gleich geschaltet und verkündeten direkt oder unterschwellig die nationalsozialistische Ideologie. Überall in den Straßen, an Mauern, Bahnhöfen, Litfasssäulen, hingen großflächige Plakate, die uns ihre Parolen entgegenschmetterten. Einhämmernde Wiederholungen, inhaltliche Vereinfachungen und gezieltes Ansprechen der Gefühle sorgten dafür, dass sich nur wenige Menschen deren Wirkung entziehen konnten. So schlich sich das Gift dieser Propaganda fast unbemerkt in die Köpfe der Menschen ein. Besonders intensiv wurde mit Bildern lachender Kinder für die Jugendorganisationen der Nazis geworben. Und viele, allzu viele folgten diesem Ruf, wurden erwartungsfrohe Pimpfe, gutgläubige Jungmädel. Den verführerischen Ritualen, Liedern, Fahnen war nur schwer zu widerstehen; Lagerfeuerromantik und Fackeln bei abendlichen Umzügen wirkten oftmals überwältigend auf empfängliche junge Gemüter.

Ja, auch Toni - mein so romantisch angehauchter Bruder - ging diesen Rattenfängern ins Netz. Wäre er früher zur Welt gekommen - so um die Jahrhundertwende - hätte er sich wohl den „Wandervögeln" angeschlossen und wäre mit Mandoline und Gitarre, Zeltplane und Rucksack durch die Lande gezogen, um sich den frischen Wind um die Ohren wehen zu lassen und den Mief einer verkrusteten Gesellschaft abzuschütteln. Nun aber zog er mit seinem „Fähnlein" durch die Straßen und sang mit ihm voll naiver Gläubigkeit:

„Wir werden weiter marschieren, wenn alles in Scherben fällt, denn heute gehört uns Deutschland und morgen die ganze Welt."

Georg aber - mein ältester Bruder - ist nie der Hitlerjugend beigetreten. Erstaunlicherweise wurde er deshalb aber keinen Repressalien ausgesetzt. Vielleicht lag es daran, dass viele Arbeiter unseres Stadtteils früher Kommunisten waren und sich noch zu Beginn der Dreißiger Jahre mit den faschistischen Schwarzhemden so manche Straßenschlacht geliefert hatten. Möglich, dass deshalb die Nazis hier weniger rigoros auftraten als anderswo. Oder ist es mir als Kind nur so erschienen? War ich vielleicht auf einem Auge blind? Sicher, unüberhörbar war inzwischen die allgegenwärtige Hetze gegen die Juden. Da aber in unserem Viertel kaum Juden wohnten und es hier meines Wissens keine jüdischen Geschäfte gab, bekamen wir von Ausschreitungen gegen diese Bevölkerungsgruppe nur wenig mit. Daher nahmen wir die Hetztiraden auch nicht so ernst. Wir Kinder erfassten eh nicht, was es für die Juden bedeutete, beschimpft und gedemütigt zu werden. Aber auch die Erwachsenen schienen kaum darüber nachgedacht zu haben, jedenfalls haben sie mit uns nie darüber gesprochen. Wäre sonst die Sache mit unserem Herrn Stern passiert, die mir heute noch die Schamröte ins Gesicht treibt?

Dieser Herr Stern war Vertreter einer bekannten Bürstenfabrik. Er war ein etwa fünfzig Jahre alter Mann mit einem leicht melancholischen Blick. Wenn aber ein Lächeln über sein Gesicht huschte, hatte er eine liebenswerte Ausstrahlung. Ungefähr einmal im Monat besuchte er uns - ein freundlicher Mensch, der irgendwie zu unserem Leben gehörte. Er verkaufte Pinsel und Bürsten – große, kleine, dicke, dünne - alle von guter Qualität. Er war jedoch nicht nur ein Vertreter seiner Firma, sondern auch ein Vermittler von freundschaftlichen Gefühlen, eine Brücke zwischen Geschäftsleben und Privatleben. In unserer Beziehung zu ihm ließ sich das eine vom andern nicht trennen. Wenn Herr Stern kam, wurde bei uns der Kaffeetisch besonders sorgfältig gedeckt, waren die Gespräche zwischen den Männern besonders lebhaft, holte Papa hinterher schon mal dazu eine Flasche Wein aus dem Keller. Man merkte – Papa, der Malermeister und Herr Stern, der Bürstenvertreter - mochten sich. Daran änderte sich auch nichts, als Papa im Sommer 1938 nach seiner Rückkehr aus der Schweiz das Parteiabzeichen der NSDAP am Jackenaufschlag trug. In Davos, wo Papa wegen seiner angegriffenen Lunge zu einer längeren Kur weilte, hatte er sich von einer dortigen Studentengruppe zum Nationalsozialismus überreden lassen. Seitdem gab es in unserem Haus die Nationalzeitung.

Als Herr Stern auf seiner Geschäftsreise wieder einmal an unsere Tür klopfte, war ich allein in der Wohnung. „Kommen Sie doch herein", bat ich Herrn Stern und führte ihn ins Wohnzimmer. „Mein Papa ist auf einer Arbeitsstelle und die Mama ist einkaufen, sie wird aber bald zurück sein." Freundlich lächelnd war Herr Stern eingetreten. Plötzlich aber schien er zu erstarren. Warum nur? dachte ich. Dann fiel mein Blick auf den Wohnzimmertisch, wo deutlich sichtbar der *Völkische Beobachter* lag, dessen Titelblatt in riesigen Lettern die Leser aufforderte: *„Deutsche, kauft nicht bei Juden"*. Nach einigem Zögern setzte Herr Stern sich an den Tisch und wartete geduldig auf Mamas Rückkehr. Bevor sie jedoch eintraf, stürmte mein Bruder Toni herein. Als er unseren Besucher erkannte, zog er mich aufgeregt ins angrenzende Kinderzimmer und zischte mir zu: „Weißt du nicht, dass dieser Mensch ein Jude ist? Na, dem werden wir jetzt mal kräftig einheizen!" Und schon fing er an, lauthals durch die halboffene Tür zu krähen: *„Töff, töff, töff, es kam ein Jud gefahren..."* Ja, bis zum bösen Ende schmetterte er dieses Pamphlet: *„Schmeißt sie raus, die ganze Judenbande, schmeißt sie raus aus unserm Vaterlande..."*

Und ich? - Ich stand klein und geduckt neben meinem Bruder und habe mich weiß Gott nicht wohl gefühlt dabei, trotzdem jedoch habe ich mitgesungen! Und erst, als ich durch den Türspalt beobachtete, wie Herr Stern immer blasser wurde und dann eilig unsere Wohnung verließ, da wurde mir bewusst, was wir diesem Mann mit unserem kindisch-bösem Hassgesang angetan haben. Und doch hab ich nicht gewagt, meinem schlechten Gewissen auf den Grund zu gehen, hab nicht versucht, ihn zurückzuhalten, hab nicht daran gedacht, mich für unser Gegröle bei ihm zu entschuldigen. Auch später nicht, als er uns noch einmal aufsuchte.

Er wirkte da besonders blass, seine Augen sahen kummervoller aus als sonst; und unsere Eltern, die konnte einfach nicht verstehen, warum dieser nette Herr Stern sich plötzlich so schweigsam gab. Weder Toni noch ich hatten ja den Mut aufgebracht, ihnen zu beichten, mit welch rüden Methoden wir Herrn Stern bei seinem letzten Besuch vergrault hatten.

Als Herr Stern danach nicht mehr bei uns auftauchte, fühlte ich mich fast erleichtert. Ich dachte, nun könnte ich den beschämenden Vorfall einfach vergessen. Eigentlich jedoch hätte mein schlechtes Gewissen mich zum Nachdenken darüber bringen müssen, warum um Gotteswillen man die Juden in unserem Land dermaßen beschimpfte. Im kindlichen Alter aber nimmt man die Dinge eher wie sie sind, wie sie einem begegnen, ohne sie allzu gründlich zu hinterfragen. Man denkt weder an die Vergangenheit, noch an die Zukunft, man lebt nur der Stunde. Mit Hitlers Tiraden über das Weltjudentum konnte ich eh' nichts anfangen. Auch habe ich nie darüber nachgedacht, warum gerade Christen die Juden jahrhundertelang geschmäht haben. Ist Jesus denn nicht auch Jude gewesen, und stand er nicht selber in der jüdischen Tradition? Nachgefragt aber habe ich nicht. Wahrscheinlich hätte es mir eh niemand erklären können oder wollen. Und die Kirche selbst schwieg zu dieser Frage.

Abgesehen von unserem beschämenden Ausbruch beim Besuch des bedauernswerten Herrn Stern, habe ich bei unseren Verwandten und Bekannten von einer judenfeindlichen Einstellung eigentlich nie etwas bemerkt. Lag es daran, dass wir nur wenige Juden persönlich kannten? Rührte daher unsere Gleichgültigkeit gegenüber der offiziellen Judenhetze? Viel später erst sollte ich mich wieder an ein Vorkommen erinnern, das ich bereits am 9. November 1938 in Essen erlebt hatte. Dieses Erlebnis! Ich hatte es in den Jahren danach wohl verdrängt. Mit meiner Patentante Hetti war ich an jenem Tag von Kettwig aus nach Essen gefahren. Sie wollte für mich dort ein paar warme Winterschuhe kaufen, die ich sicher gut brauchen könnte, da ich die kommenden Weihnachtsferien bei ihr in Kettwig verbringen sollte. Schließlich gab es auf den Kettwiger Höhen im Winter meist jede Menge Schnee.

Als wir uns der Stadtmitte von Essen näherten, schlug mein Herz aufgeregt, und ich umklammerte fest die Hand meiner Tante. Einmal eintauchen in die glitzernde Welt der Geschäfte - einkaufen, schauen, das Großstadtleben auf mich einwirken lassen! Vor allem freute ich darauf, die Synagoge wieder zu sehen, die mit ihren mächtigen Mauern und ihrer imposanten Kuppel ein so markanter architektonischer Blickpunkt der Stadt war. Ich hatte von jeher eine Vorliebe für besondere Bauten und war neugierig darauf, wie es wohl in ihrem Inneren aussehen mochte. Hatte Tante Hetty nicht versprochen, dass wir beim nächsten Essener Stadtbummel dieses jüdische Gotteshaus besuchen würden? Doch als wir in die *Kettwiger Straße* einbogen, bot sich uns ein Bild des Grauens. Überall lagen Berge von Glasscherben, dazwischen zertrümmerte Ladeneinrichtungen, aus den Verankerungen gerissene Türen, und im Hintergrund schwebte über der alten Synagoge eine graue Rauchwolke. Verschreckte Passanten entfernten sich mit eiligen Schritten.

„Was ist hier passiert?" fragte ich angstvoll.

„Also, anscheinend hat man in der vergangenen Nacht hier die Schaufenster jüdischer Geschäfte eingeschlagen und wohl auch die Synagoge in Brand gesteckt." Ganz nüchtern hatte Tante Hetti das vorgebracht, ihre Stimme klang jedenfalls völlig emotionslos. Ach, Tante Hetti, meine Patentante - diese Frau, die sonst so sensibel war, so hilfsbereit - sie gab keine weiteren Erklärungen ab, ließ mich einfach mit dem Aufruhr meiner Gefühle allein. In mir hatte sich alles zusammen gekrampft. Dieses Ungeheuerliche – ich konnte es nicht begreifen. Tausend Fragen stürmten auf mich ein, doch ich habe nicht gewagt, sie meiner Tante zu stellen.

Papa aber meinte aufgebracht, als ich ihm nach meiner Rückkehr davon erzählte: „Was haben die Juden uns eigentlich getan? Womit haben sie das verdient? Nein, sie können nicht schuldig sein! Ich kenne doch zum Beispiel unseren Herrn Stern sehr gut. Ja, er ist Jude, na und? Ich weiß jedenfalls, er ist ein anständiger Mensch! Also, was da geschehen ist, das kann nicht gut sein", fand Papa. Und spontan nahm er sein Parteiabzeichen vom Revers seines Jacketts und steckte es nie wieder an.

Lavinia - das Zigeunermädchen

Es war ein sonniger Herbsttag. Meine Schwester Anna und ich spielten Ball. Anna liebte das Ballspielen. Sie liebte auch ihren Ball. Es war ein großer, bunter Ball, nicht zu hart und nicht zu weich. Er hatte eine Mark und fünfzig gekostet. Anna war eine gute Ballspielerin. Keiner warf den Ball so hoch wie sie. War es da ein Wunder, dass der Ball plötzlich über die Mauer flog, die unseren Hof vom dahinter liegenden Grundstück trennte?

„Auweia" schrie Anna, „der Ball ist weg! Was machen wir nun?"
„Na was schon? Wir müssen ihn wieder finden."

Und schon rannten wir los, bis wir den Platz erreicht hatten, der mit seiner Rückseite an unsere Hofmauer grenzte. Hier aber – bisher ein verwildertes Niemandsland - hatte über Nacht fahrendes Volk sein Lager aufgeschlagen. Unschlüssig sahen wir uns um, bevor wir zögernd auf das Zigeunerlager zugingen. Diese vormals öde Fläche hatte sich in einen bunten Flickenteppich aus Wagen und hastig aufgestellten Zelten verwandelt; der Klang einer Geige schlug uns entgegen, Lachen, Rufen, Worte in fremdländischen Zungen, die wir nicht verstanden, das schrille Wiehern eines Pferdes, das beschlagen wurde. Plötzlich fühlten wir uns hier geborgen und ließen den Lärm und das bunte Treiben auf uns einwirken.

Ein Mann kam auf uns zu – eine kleine bewegliche Figur mit einem fürchterlichen schwarzen Schnurrbart, unter dem sich seine Lippen trotzig hervor bäumten, während seine Augen wachsam zu uns herüber blickten. Ja, wie der Teufel sah er aus.

„Was wollt ihr hier?" fragte er barsch, „was habt ihr hier verloren?" „Un...unsern Ball!" stotterten wir eingeschüchtert, „der ist hier über die Mauer geflogen, und den suchen wir."

„Einen Ball? Ich habe keinen gesehen", antwortete der Mann. Seine Stimme klang nun schon freundlicher. „Na, vielleicht kann meine Tochter euch helfen, ihn zu finden, die hat Augen wie ein Luchs." Und schon schmetterte seine Stimme über den Platz: „Lavinia! komm her, hier sind Zwei, die brauchen deine Hilfe, die suchen ihren Ball."

Noch während das Echo seiner Stimme von der Mauer zurück hallte, trat aus einem der Wagen ein schwarzäugiges Mädchen heraus. Seine glänzenden schwarzen Haare waren zu dicken Zöpfen geflochten, die mit bunten Schleifen zusammen gehalten wurden. Das muss Lavinia sein, dachte ich. Lavinia! Was für ein seltsamer Name, genauso seltsam wie die bunt zusammen gewürfelte Kleidung, die sie trägt!

Dieses unbekannte Mädchen konnte etwa in Annas Alter sein, obwohl sie wesentlich zierlicher war als meine eher kräftig gebaute Schwester. Zögernd kam sie auf uns zu, und verunsichert sah ich ihr entgegen. Was sollte ich von so einem Mädchen halten? Einer Zigeunerin! Mir fielen all die bösen Geschichten ein, die man sich über das fahrende Volk erzählte. Doch Anna schien Vertrauen zu ihr zu fassen. Sie lächelte die Fremde aufmunternd an und fasste spontan nach ihrer Hand. Dann, in einem plötzlichen Impuls, rannten beide quer über den Platz und verschwanden hinter dem Gebüsch, das am Rande der Mauer wuchs. Meine Anwesenheit schienen sie ganz vergessen zu haben. Och, dachte ich, lass sie doch den blöden Ball alleine suchen, sollen sie ihn doch ohne mich finden. Und wirklich dauerte es nicht lange, da kamen Anna und Lavinia wieder hinter dem Busch hervor. Lavinia hielt triumphierend den Ball in ihren braunen Händen und warf ihn mir auffordernd zu. Anna kramte aus ihrer Rocktasche ein schon arg ramponiertes Sahnebonbon hervor und hielt es Lavinia entgegen. „Schön, dass du uns geholfen hast, "sagte sie dabei. „Na, vielleicht sehen wir uns ja mal wieder." „Schon möglich", antwortete das Mädchen.

Bevor wir den Platz verließen, drehte ich mich noch einmal um. Da stand Lavinia am Eingang ihres Wohnwagens und hielt eine Flöte in der Hand, der sie seltsame Töne entlockte. Sie spielte eine Melodie, die keine war, eine Tonfolge ohne Gesetz, und die vielleicht deshalb so anrührend wirkte. Ich sah meiner Schwester an, wie verzaubert sie war von dieser fremdartigen Begegnung und der seltsamen Musik.

Einige Tage später erzählte mir Anna aufgeregt: „Ich hab Lavinia wieder gesehen, du weißt doch, das Zigeunermädchen. Sie besucht jetzt dieselbe Klasse wie ich. Und denk dir, sie sitzt sogar neben mir in derselben Bank, und wir haben ja auch beide fast den gleichen Schulweg. Lavinia hat mich nun schon zwei, drei mal nach der Schule mit in ihr Lager mitgenommen, und sie hat ausdrücklich gesagt, ich dürfe sie besuchen, so oft ich will, ihre Eltern hätten nichts dagegen.

Ja, es war meiner Schwester anzumerken, wie sehr sie darauf brannte, mit diesem Mädchen - das so anders war als sie selbst - zusammen zu sein. „Aber was sagt denn die Mama dazu?" fragte ich unsicher.

„Na ja, die sieht es nicht so gern, wenn ich in das Zigeunerlager gehe. Sie meint, ich solle bloß aufpassen, dass ich da keine Läuse aufschnappe. Und vor den Männern dort solle ich mich auch in Acht nehmen, die hätten ganz schnell mal ein Messer zur Hand. Aber verboten, ne, verboten hat sie mir den Besuch bei ihr nicht. Und ich, ich hab auch keine Angst vor den Zigeunern. Da ist auch übrigens noch Lavinias Opa, der passt bestimmt auf mich auf. Er ist zwar ein furchtbar alter Zigeuner mit einem schrecklich faltigen Gesicht, aber ich glaube, der mag mich gut leiden. Jedenfalls strahlt er immer, wenn er mich sieht. Neulich sagte er, ich könnte genauso gut eine von ihnen sein, ich hätte ja ebenso schwarze Haare und dunkle Augen wie sie."

„Eigentlich komisch", meinte Anna später, „fast jedes Mal, wenn ich zum Lager komme, sitzt der Opa vor seinem Wohnwagen und badet seine Füße in einer Schüssel mit warmen

Wasser. Kaum aber hat er Lavinia erblickt, streckt er ihr grinsend seine Füße entgegen, und sie rennt gleich los, holt ein Handtuch von der Leine und trocknet ihm ganz behutsam die Füße ab. Und hinterher dann, also dann erzählt der Opa so richtig spannende Geschichten, so 'ne Art Märchen eben. Und der Wohnwagen von Lavinias Familie, der ist auch richtig gemütlich, wie eine Puppenstube eben. Und mit der Lavinia, da kann man einfach toll rumalbern und lachen. Ja und dann kann sie auch noch gut Ball spielen, fast so gut wie ich."

Wen wunderte es da, dass Anna sich bei den Zigeunern bald wie zu Hause fühlte? Mama und Papa, die anfangs diesen Umgang nicht so gerne sahen, ließen sich allmählich davon überzeugen, dass ihrer Tochter dort keine Gefahr drohte. Natürlich gab es auch Leute, die anders über diese Fremden dachten: „Es wird höchste Zeit, dass dieses Pack endlich verschwindet. Sollen sie sich doch zum Teufel scheren", schimpften einige Burschen hinter Lavinia her. Anna tat das sehr weh.

Als der Roman-Clan am Ende der Wintersaison wie üblich zum großen Aufbruch rüstete, um für die Sommermonate wieder in wärmere Länder zu ziehen, fiel meiner Schwester Anna der Abschied schwer. „Nicht traurig sein", tröstete Lavinia sie, „im nächsten Herbst kommen wir ja wieder hierher zurück."

So vergingen weitere zwei Jahre, in denen die Freundinnen den Winter gemeinsam verbrachten und nur im Sommer voneinander getrennt waren. Dann kam der Herbst 1942! Diesmal wartete Anna vergebens auf die Rückkehr ihrer vertrauten Spielgefährtin. Der Herbst ging über in den Winter - in den Schaufenstern der Geschäfte machte sich bereits die Weihnachtsdekoration breit - von Lavinia und ihrer Familie aber fehlte jede Spur.

„Wo sie nur bleiben?" fragte Anna, „ihnen wird doch nichts zugestoßen sein?" „Mach dir keine Sorgen", versuchte Mama sie zu beruhigen. „Vielleicht haben sie diesmal ja ihr Winterquartier in einer anderen Stadt aufgeschlagen."

„Nein, das glaube ich nicht. Lavinia hat mir doch versprochen, dass sie auch in diesem Jahr hierher zurückkehren würden. Warum aber meldet sie sich nicht? Warum schreibt sie mir nicht? Warum erhalte ich kein Zeichen von ihr?"

„Warte nur ab", meinte Mama, „im nächsten Herbst kommt sie bestimmt wieder hierher." Doch auch im kommenden Jahr tauchten Lavinia und ihr Clan nicht mehr hier auf, ebenso wenig wie in den darauf folgenden Jahren. Anna sollte ihre Freundin und deren Zigeunerclan nie mehr wieder sehen.

Wie Braunchen im Löschwasser ertrank

Nun währte der Krieg schon das dritte Jahr. Lebensmittel gab es nur auf Marken. Die Brüder und Väter waren an der Front, die Mütter bekamen das Mütterkreuz, Frauen wurden eingesetzt als Luftschutz-Warte, Mädchen strickten Strümpfe für die Frontsoldaten, und die Jungen sangen voller Hingabe *„Ja, die Fahne ist mehr als der Tod"*. Täglich gab es Sondermeldungen von der siegreichen Front, aber Sonderrationen zum Essen gab es nicht. Um den mageren Speiseplan aufzubessern, hatte Papa sich vom Bauern Becks aus Leithe als Gegenleistung für geleistete Anstreicherarbeiten vier ausgewachsene Hühner erbeten. Doch wohin mit den gackernden Viechern? Nur nicht gleich in die Pfanne damit, dafür waren sie als Eierlieferanten zu wertvoll. Also, ein Stall musste her.

„Wie wär's mit dem Lacklager im vorderen Bereich der Werkstatt? Der ist doch vom übrigen Arbeitsbereich gut getrennt", überlegte Papa laut. „Die Lackdosen können wir woanders unterbringen. In der Mitte des Kabüfchens schaffen wir Platz für die Nester, darüber werden zwei Sitzstangen anbracht und unten in der Mauer wird ein Durchbruch gemacht, damit die Tiere auch einen Ausgang nach draußen haben."

„Was? Ein Auslauf zum Hof? Da lachen ja die Hühner", warf Mama ein.
„Wieso denn, scharren können sie ja in der Hofeinfahrt, da ist guter Sandboden."

So wurde alles geregelt, und schon bald spazierten die Tiere gackernd zwischen spielenden Kindern auf dem Hof herum. Natürlich mussten wir seitdem darauf achten, dass das Hoftor immer geschlossen blieb, damit die Viecher nicht auf die Straße rannten. Die Gefahr, von einem Auto überfahren zu werden, war für sie zwar gering, denn wer außer Papa besaß in unserer Straße schon ein Automobil? Doch die Möglichkeit, dass sie in fremden Suppentöpfen landen könnten, war relativ groß. Und damit die Hühner des Nachts nicht auf dumme Gedanken kamen, wurde jeden Abend die Klappe vor ihrem Auslauf heruntergelassen. Bei so viel Fürsorge starteten unsere Hoffnungsträger unverzüglich mit einer großzügigen Eierproduktion. Besonders Braunchen – der Star unter den Gefiederten - wurde zum Hauptlieferanten für Papas Frühstücksei. Leider aber war Braunchen kein langes Hühnerleben beschieden. Eines Abends hatte es sich - bevor der Auslauf geschlossen wurde - in der offen stehenden Waschküche versteckt. Vielleicht war es schon länger scharf darauf, in diesem kühlen Raum zu übernachten. Jedenfalls machte es sich auf dem Rand der Waschmaschine bequem, schloss befriedigt die Augen und schlief den Schlaf der Gerechten.

Ahnte es nicht die Gefahr, in der es schwebte? Aus Luftschutzgründen nämlich war die Waschmaschine ebenso wie die daneben stehende Badewanne mit Wasser gefüllt, damit bei einem Brandbombenanschlag Löschwasser zur Verfügung stand. Und so geschah, was geschehen musste: Während Braunchen ahnungslos von stolzen Hähnen träumte, verlor es das Gleichgewicht und fiel ins eiskalte Nass. Das arme Tier! Am nächsten Morgen trieb sein aufgedunsener Körper an der Oberfläche des Löschwassers. Die Flügel leicht gespreizt, den Kopf zur Seite gelegt, sah es uns vorwurfsvoll mit seinen toten Augen an, als wollte es sagen: „Ihr seid Schuld daran, dass ich diesen Tod gestorben bin." Seine sterbliche Hülle hat Mama der Nachbarin überlassen. Wir hätten es doch nicht fertig gebracht, auch nur ein Stück des zarten Fleisches von Braunchen – dem ersten Opfer, das unsere Familie in diesem Krieg zu beklagen hatte - zu essen. Künftig gab's eben weniger Eier, denn die übrigen Hühner erwiesen sich ja von Anfang an bereits als ausgesprochen legefaul. Wir konnten schon froh sein, wenn wir jeden zweiten oder dritten Tag ein Ei in einem der Nester fanden.

Abschied von Papa

Papa ging es nicht gut. Er, der immer so stark war, hatte keine Kraft mehr. Wann hatte es das je gegeben, dass Papa im Bett blieb, sich nicht um seinen Handwerksbetrieb kümmerte? Mama machte sich große Sorgen, ließ den Hausarzt kommen. Der schüttelte bedenklich den Kopf. „Das beste wäre", riet der Mediziner, „Sie bringen Ihren Mann in die Lungenklinik nach Giessen, wo er vor Jahren schon mal behandelt worden ist. Ich fürchte, ich kann hier nichts mehr für ihn tun."

Wie lange sollte Papa dort bleiben? Niemand konnte es sagen. Wir waren alle sehr bedrückt. Stand es wirklich so schlecht um ihn? Natürlich hatten wir immer gewusst, dass Papa krank ist. Seit dem Autounfall vor vielen Jahren - als durch eine unbeleuchtete Bahnschranke in der Dessauerstraße nicht nur sein Auto zertrümmert, sondern auch seine Lunge nachhaltig beschädigt wurde – hat Papa der dadurch ausgelösten Lungentuberkulose getrotzt. Nun aber ließen seine Kräfte nach. Jetzt setzte er seine letzte Hoffnung auf die Spezial-Klinik in Giessen.

„Nicht traurig sein", munterte Papa uns auf, „bald werde ich wieder zurück sein". Ich nahm mir vor, wirklich tapfer zu sein. Wurde ich nicht in wenigen Wochen schon zwölf Jahre alt? Ach, ich liebte Papa so sehr! Alles hätte ich für ihn getan. In diesem Alter sah ich das Leben ganz und gar durch seine Augen. Ich wollte so sein, wie er immer gewesen ist - stark, fröhlich, hilfsbereit. Für ihn war jeder Mensch interessant, jeder Vogelruf freute ihn, jede kleine Blume am Wegesrand erschien ihm wie ein kostbares Geschenk. Und wie glücklich war er, wenn er seine Freude mit anderen teilen konnte. Als wir voneinander Abschied nahmen, konnte ich doch nicht verhindern, dass meine Augen feucht wurden. „Sieh da, sieh da", sagte Papa und lächelte mit all den vielen Fältchen um seine Augen. Er nahm meine Hand in seine fieberheißen Hände und flüsterte mir ins Ohr: „Mein kleines Pipimädchen, versprichst du mir, gut auf die Mama aufzupassen, wenn ich nicht da bin?" Der zärtliche Ton seiner Stimme, der längst vergessene Kosename meiner frühen

Kindheit, ließen meine Liebe zu ihm ins Riesige wachsen. Ich nickte heftig, brachte aber keinen Ton heraus. Nur meine Augen sagten ihm *Adieu*.

Zwei Wochen war Papa nun schon fort, da brachte der Briefträger eine Ansichtskarte von ihm aus Giessen. „Noch ist es kalt hier und richtig ungemütlich", schrieb Papa, „doch wenn es Frühling wird, komme ich bestimmt wieder auf die Beine." Die Schrift war zittrig, man konnte sie kaum entziffern. Mama wurde unruhig. „Ich glaube, euer Vater braucht mich jetzt. Morgen früh werde ich nach Giessen fahren."

So einfach jedoch war das nicht mit dem Reisen in jenen Kriegszeiten. Zwar verließ der Zug pünktlich den Gelsenkirchener Hauptbahnhof, doch danach dauerte es zwei Tage, bis Mama in Giessen ankam. Wiederholt hatte es Fliegeralarm gegeben, und der Zug musste stehen bleiben oder umrangiert werden. Wenn Mama sich aus dem Abteilfenster lehnte, konnte sie rauchende Bahnhöfe und brennende Städte sehen. Sobald der Alarm vorüber war, fuhr der Zug Kilometer weit zurück und versuchte, auf anderen Gleisen wieder den Anschluss an die alte Strecke zu finden. Als Mama endlich die Klinik erreichte, war es zu spät. Papa war in der Nacht zuvor - während Mama im Bombenhagel auf die Weiterfahrt des Zuges wartete - friedlich eingeschlafen.

Es war ein Tag vor Mamas sechsundvierzigsten Geburtstag, als meine Geschwister und mich die erste Ahnung einer bevorstehenden Veränderung erreichte. Seit Stunden war kalter Nieselregen gefallen, die Sonne versteckte sich hinter einem grauen Wolkenschleier. Es war zu nass, um nach draußen zu gehen. So drückten wir uns in düsterer Stimmung in der Wohnung herum und warteten auf eine Nachricht von Mama. Als dann das Telefon endlich klingelte, nahm meine älteste Schwester den Hörer ab, zögernd jedoch, so als hätte sie Angst vor dem, was sie erfahren würde. Nachdem sie den Telefonhörer wieder behutsam auf die Gabel gelegt hatte, flüsterte sie kaum hörbar: „Papa ist tot, er ist in der vergangenen Nacht gestorben."

Wir sahen uns an, sagten kein Wort. O verdammt, dachte ich, warum musste Papa sterben? Warum? Ich wollte allein sein, zog mich zurück in unser Spielzimmer, das Papa für uns draußen im Anbau eingerichtet hatte. Wie versteinert lehnte ich meinen Kopf gegen die Wand. Ich spürte die Kälte der Ziegel an meiner Haut. Die Gedanken schwirrten wie wild in meinem Kopf herum. Erst als ich die Hände an mein Gesicht hob, fühlte ich, dass meine Wangen nass waren, spürte ich, dass ich weinte.

Nachdem Mama aus Giessen zurückgekehrt war, wartete bereits wieder jede Menge Arbeit auf sie. Nun musste sie allein – ohne ihren langjährigen Gefährten - den Handwerksbetrieb leiten, die Gesellen anleiten, den Haushalt führen und dabei weiterhin ihre sechs Kinder versorgen. Ihr blieb keine Zeit zum Grübeln, keine Zeit zum Trauern. Und was war mit mir? Dass Papa nie wieder mit mir lachen würde - ich konnte diesen Gedanken kaum ertragen. Da stirbt jemand, den man liebt. Wie geht man damit um? Kann man den Tod einfach verdrängen? Wie sollte ich mich damit auseinandersetzen?

Natürlich wusste ich, dass Leben und Tod zusammengehören. Gerade jetzt in Zeiten des Krieges hörte man ja ständig von gefallenen Familienvätern, von Söhnen und Brüdern, die an den Fronten umgekommen sind. Doch konnte dieses Wissen die Trauer um meinen verlorenen Vater mildern? O verdammt, nein, doch ich musste es einfach irgendwie akzeptieren, sonst geriete ich noch außer mir! Hat nicht mal jemand gesagt, leben heiß „leiden"? Wer war das? Egal! Ich leide, also lebe ich, oder etwa nicht? Ich weiß, es klingt heute vielleicht zu... na ja, zu gelassen, wenn ich das jetzt so schreibe, doch ich war nicht wirklich gelassen. Ich war stinkwütend und beleidigt und traurig! Komisch, eine Weile glaubte ich, dass mich nichts mehr ärgern würde. Ich dachte, der Alltagskram könne mich nicht mehr berühren, ich würde über den Dingen schweben nach dieser schlimmen Erfahrung. Aber es dauerte nicht lange, und ich regte mich wieder auf. Klar! Über die gleichen blöden Dinge wie vorher.

Die Beisetzung von Papa musste immer wieder hinausgeschoben werden. Wir bekamen keine Erlaubnis, den Leichnam überführen zu lassen. In Zeiten des Krieges war in den ohnehin überfüllten Zügen kein Platz für Leichen. Hieß es nicht, *Räder müssen rollen für den Sieg*? So blieb für Papa nur die Feuerbestattung. Bis aber die Urne endlich nach Gelsenkirchen gelangte, waren sechs Wochen vergangen. Normalerweise schon sind Beerdigungen alles andere als erfreulich, doch an diesem kalten Apriltag mit stürmischen Windböen fühlten wir uns alle seltsam starr. Wie jämmerlich und karg die graue Urne aussah, die der Leichenträger mit ausgestreckten weiß behandschuhten Händen vor dem Trauerzug her trug! Blass und fröstelnd standen wir in unserer Trauerkleidung zwischen den aufgeworfenen Erdschollen. Der Pfarrer schnäuzte sich, rückte seine Brille zurecht und begann eilig, die Liturgie herunterzuleiern. Er hätte ebenso gut die Adressen aus einem Telefonbuch ablesen können. Vielleicht hatte er ja Angst, sich zu erkälten und wollte deshalb seinen Auftritt möglichst schnell zu Ende bringen. Ich fühlte mich eingezwängt in dem Ritus, nach dem die Lebenden ihre Toten begraben, fühlte mich von vielen Augen beobachtet wie auf einer Bühne, in der jede Minute zur Ewigkeit wurde.

Eine große Leere überkam mich, eine unglaubliche Leere! Ich nahm kaum wahr, wie die Trauergäste fröstelnd ihre Hände in die Manteltaschen steckten und unruhig zu hüsteln begannen. Ich hatte keine Tränen mehr. Als die Urne in die Gruft gesenkt wurde, da war mir, als würde nicht die Asche meines Vaters, sondern nur ein leerer, nutzloser Behälter der Erde übergeben. Erst am Abend, als ich allein in meinem Bett lag, löste sich die Erstarrung, füllte sich die Leere - die wie in einer Hülle in mir gefangen war - wieder mit Worten, und ich versuchte, diese Worte auf ein weißes Blatt Papier zu bannen:

„Ach Papa", schrieb ich, „Papa, warum musstest du so früh von uns gehen?

Wie sollen wir jetzt leben ohne dich? Wie? Als du mir beim Abschied sagtest, ich wäre immer dein besonderer Liebling gewesen, da fühlte ich mich richtig stolz, so als hättest du mir einen Orden verliehen. Doch ich, was habe ich dir gegeben? Habe ich dir je gesagt, wie sehr ich dich liebe? Habe ich dich je nach deinen Wünschen, deinen Ängsten gefragt? Ich fürchte, ich habe alles zu selbstverständlich genommen – deine Zärtlichkeit, deine Fürsorge, deine Lebensfreude, die so ansteckend wirkte; aber auch deine Tapferkeit, mit der du so viele Jahre lang deine mörderische Krankheit, die deine Lunge immer mehr zerstört hat, ertragen hast.

Warum erkenne ich erst jetzt, dass wohl auch du – wie jeder andere – nach Anerkennung gehungert hast, dass auch du mal hören wolltest, wie sehr man dich liebt, wie sehr man dich braucht. Warum nur habe ich dir das früher nie gesagt? Nun ist es zu spät, nun kann ich nicht mehr in deine Arme flüchten, dir nicht mehr meine Gefühle mitteilen. Ach, Papa, ich fürchte, ohne dich wird es nie wieder so sein, wie es einmal war!"

Der den gelben Stern trug

Mama war erst sechsundvierzig Jahre alt, als ihr geliebter Johann starb, und ihre naturgewellten Haare waren bereits schneeweiß. Doch ihre Lebenskraft war ungebrochen. Es blieb ihr auch keine Zeit zum Jammern, keine Zeit zum Durchatmen. Denn seit Papa nicht mehr da war, musste Mama den Handwerksbetrieb alleine weiterführen, ohne seinen fachmännischen Rat, ohne seine tatkräftige Hilfe. Den Betrieb aufgeben? Nein, das konnte sie nicht. Wovon hätte Mama denn sich und ihre sechs Kinder ernähren sollen? Wovon die Kosten für Haus und Wohnung bestreiten? Also machte sie tapfer weiter. Nur gut, dass sie schon Erfahrungen gesammelt hatte mit Kostenvoranschlägen, Rechnungen erstellen und solchem geschäftlichen Kram.

Damals - nach Papas schwerem Autounfall, als eine unbeleuchtete Bahnschranke   auf sein Auto gekracht und zwei gebrochene Rippen dabei seine Lunge durchbohrt hatten – da hat die Mama schon notgedrungen den Einsatz der Gesellen regeln, die Arbeiten überwachen, die Löhne auszahlen müssen. Und dass sie damals - obwohl bereits wieder hoch schwanger – selbst auf Leitern kletterte, um die gestrichenen Räume auszumessen, hat ihr bei den Gesellen und der Kundschaft große Anerkennung gebracht. Auch in den nachfolgenden Jahren hat Mama viele geschäftliche Angelegenheiten erledigt. Daher kannte sie die meisten Firmeninhaber und Architekten, für die Papa bereits gearbeitet hatte. So konnte sie nun alte Kontakte nutzen, um neue Aufträge einzuholen. Schwieriger dagegen erwies sich in diesen Kriegszeiten das Beschaffen von Materialien wie Farben, Lacke, Pinsel, Tapeten, auch wenn Mama großes Geschick zeigte im Verhandeln und Organisieren.

Das Schwierigste aber war, genügend Leute zu bekommen, um die anstehenden Arbeiten durchführen zu können. Kaum waren nämlich neue Gesellen eingestellt, bekamen sie auch schon ihren Gestellungsbefehl zur Wehrmacht. Von der alten Stammbelegschaft blieb bald nur noch der Altgeselle Wallner übrig - ein oller Knötterkopp, jedoch sehr zuverlässig und der Mama treu ergeben. Dann war da natürlich auch mein Bruder Georg, aber der hatte seine Gesellenausbildung noch nicht vollendet. Und was nützte es schon, dass er bereits mit siebzehn Jahren - per Sondergenehmigung - seinen Führerschein machen durfte? Auf seine Fahrkünste allein konnte Mama sich für das Geschäft nicht verlassen. Also machte sie nach Papas Tod auch selbst ihren Führerschein, um mobil zu sein. Schließlich war *sie* es, die neue Aufträge einholen, Materialien transportieren, renovierte Wände ausmessen und den Einsatz der Gesellen organisieren musste. Manchmal gab es ja auch Großaufträge, für die zeitweise bis zu zehn Leute benötigt wurden, zum Beispiel bei Arbeiten an ausgedehnten Industrieanlagen. So kutschierte Mama mit ihrem alten DKW oft kreuz und quer durch die Gegend und wurde dabei zu einer stadtbekannten Erscheinung, denn eine weißhaarige Frau am Steuer war zu jener Zeit noch ein seltener Anblick, der ihr durchaus Respekt verschaffte.

Respekt erheischte sie auch, wenn sie zu den Behörden ging, um die Zuteilung neuer Mitarbeiter zu erbitten. So, als sie den Auftrag ergatterte, den Gasometer der Scholven-AG in unserer Heimatstadt mit Tarnfarben anzustreichen, um dadurch feindliche Flieger irrezuleiten. Wenn ich daran nur denke! Dieser wahnsinnig hohe, dickbäuchige Gasbehälter, der fast bis zum Himmel hinauf ragte! Dazu mussten unsere Leute ja ganz hoch oben auf den riesigen Gerüsten mit Farbe und Pinsel hantieren! Wer aber konnte das nur machen? Etwa der olle Wallner mit seinen beinahe sechzig Jahren? Oder Georg - mein noch recht unerfahrener Bruder- der zudem nicht schwindelfrei war? Oder vielleicht irgendeiner der erst kürzlich neu eingestellten Leute, von denen der eine ein Hinkebein hatte, der andere einen leichten Dachschaden und der dritte wegen seiner Epilepsie-Anfälle nicht kriegstauglich war? Mama brauchte wenigstens einen schwindelfreien Vorarbeiter, der diese Aufgabe packen konnte. Also marschierte sie schnurstracks zur Parteizentrale und forderte dort mit Nachdruck eine entsprechende personelle Verstärkung an.

„Kommense man morgen früh wieder, jute Frau, ich werd dann sehen, was ich für Sie tun kann", versprach ihr der oberste der Parteibonzen. Und siehe da, am nächsten Tag konnte sie gleich die gewünschte Verstärkung mit nach Hause bringen.

„Also, das ist Jakob, unser neuer Vormann", stellte Mama ihren jungen Begleiter vor, der ein wenig schüchtern hinter ihr unsere Wohnung betrat. „Mensch", dachte ich, als ich ihn so zum ersten Mal sah, „sieht der aber gut aus!" Er war blond, sehr blond, seine Augen waren blau, sehr blau, und er war groß, sehr groß und schlank. Nur ein wenig unsicher wirkte er, wie er da so stand und krampfhaft seine Aktentasche gegen die Brust drückte.

„Nehmen Sie ruhig Platz, Jakob, und trinken Sie eine Tasse Kaffee mit uns", forderte Mama ihn auf. Doch Jakob zögerte. Mama aber lächelte ihn aufmunternd an. Da rückte er umständlich einen Stuhl zurecht und lehnte - bevor er sich darauf niederließ - seine Aktentasche gegen die Stuhllehne. Da erst entdeckte ich ihn, den großen gelben Stern, der in hämischen Buchstaben das Wort „*Jude*" trug und unübersehbar auf der linken Seite seiner Jacke prangte.

Ach Gott, dieser Jakob, er ist Jude! Offensichtlich schämt er sich dessen. Hätte er sonst versucht, den Stern hinter seiner Tasche zu verbergen? dachte ich und grinste innerlich ein wenig spöttisch darüber. Was wusste ich junges Ding denn schon davon, was es bedeutete, in diesen Zeiten als Jude gekennzeichnet zu sein? Was wusste ich überhaupt über Juden? Es war wenig genug: Sie beschneiden sich. Sie tragen den gelben Stern. Und manchmal verschwinden sie plötzlich. Man sieht sie nicht mehr wieder. Erst später habe ich mir ernsthaft darüber Gedanken gemacht, erst später ist mir klar geworden, welchem Martyrium sie ausgesetzt waren, erst viel später habe ich durch das Tagebuch der Anne Frank erfahren, was Juden nach 1940 in Deutschland machen mussten oder nicht mehr machen durften:

Sie mussten ihre Fahrräder abgeben! Sie durften nicht mehr mit der Elektrischen fahren, von Autos gar nicht zu reden! Sie durften nur zwischen drei und fünf Uhr und dann nur in jüdischen Geschäften einkaufen! Sie durften nach acht Uhr abends nicht mehr auf den Straßen sein! Sie durften auch nicht mehr schwimmen oder Tennisspielen, und jüdische Kinder durften nur noch jüdische Schulen aufsuchen! Die Bestimmungen häuften sich, und der Druck auf ihr Leben wurde immer größer. Doch von all dem wusste ich, wussten *wir* damals so gut wie nichts, nur eben, dass Juden neuerdings den gelben Stern tragen mussten. Und dieser Jakob war der erste Mensch, der uns nun Auge in Auge gegenüber saß, und auf dessen Brust dieser gelbe Stern prangte.

„Erzählen Sie ein wenig von sich", bat die Mama. Und Jakob erzählte. Er erzählte, dass sein Vater in der Stadt ein kleines Zigarettengeschäft betreibe und seine Mutter ihm beim Verkaufen helfe. Er erzählte, dass er bis 1940 noch das Gymnasium besuchen durfte, dann aber die Schule abbrechen musste. Er erzählte, dass seine beiden Brüder eine Goldschmiedelehre gemacht, doch anschließend keine Anstellung gefunden haben. Und er sagte, er wäre dankbar dafür, dass er nun in unserer Firma als Anstreicher arbeiten dürfe.

Aber auch die Mama war es zufrieden, denn Jakob erwies sich für ihre Firma als ein echter Glücksfall. Er war fleißig und zuverlässig, geschickt und mutig, und - egal wie hoch das Gerüst am Gasometer auch wuchs - stets war Jakob der erste, der ohne Furcht und Zittern hinaufkletterte und den Gaskessel Meter für Meter mit Tarnfarben in ein für feindliche Flieger fast unsichtbares Industrieobjekt verwandelte. Bald jedoch kam der Tag, an dem die Arbeit am Gasometer fast vollendet war und Jakob nur noch ein letztes Mal Material dafür holen wollte. Da plötzlich tauchten diese Männer bei uns auf - diese Männer in den braunen Uniformen der SA. Ich fühlte gleich, dass mit ihnen etwas Bedrohliches auf uns zukam. Oder kam es nur auf Jakob zu?

Ich versuche, mich zu besinnen mit geschlossenen Augen. Allmählich taucht sein Bild wieder vor mir auf. Wo war das noch? Ach ja, auf dem Hof vor unserer Werkstatt. Da stand er, stand da, regungslos. In diesem Augenblick hatte er nicht das Gesicht eines Jungen, nicht das Gesicht eines Mannes – es schien ein zeitloses Gesicht zu sein, nicht jung, nicht alt, sondern irgendwie hundertjährig. So konnten Sterne aussehen oder Bäume oder Tiere. Ich wusste nicht, was in ihm vorging, wusste nicht, wie er wirklich war – aber in diesem Moment war er anders, unausdenkbar anders als wir! Mehr sagt die Erinnerung nicht. Vielleicht ist dies zum Teil auch schon aus späteren Erinnerungen, aus späteren Gedanken geschöpft.

Die SA-Männer sprachen nicht viel, sie nahmen Jakob einfach mit. Dabei hatte er sich in letzter Zeit doch relativ sicher gefühlt, dank seines Aussehens, seiner blauen Augen, seiner blonden Haare, seiner geraden Nase. Er hatte auch gehofft zu überleben dank seiner „kriegswichtigen" Arbeit in unserem Betrieb, dank seiner deutschen Bildung, seiner europäischen Zivilisation. Und nun wurde er weggeführt wie ein Schwerverbrecher, und wir, wir konnten nur hilflos zusehen. Doch Mama wollte sich nicht damit abfinden - sie rannte von Amt zu Amt, von Pontius zu Pilatus. „Er ist unser bester Mann, wir können ihn nicht entbehren", klagte sie beim obersten Bonzen der örtlichen Parteizentrale. „Warum lassen Sie diesen Mann nicht frei?"

„Dat geht nich", erwiderte dieser, „dat isn Führerbefehl: Alle Juden müssen zwangsweise an wichtige Arbeiten rangeführt werden.

„Ja, aber warum kann er dann nicht bei uns zu arbeiten? Sie haben doch selbst gesagt, dass unsere Arbeiten am Gasometer kriegswichtig sind."

„Nu regen se sich man nich uff, jute Frau", meinte der Oberste der Bonzen, „wo ihr Jakob hinkommt, dat is ne Stadt für sich, un da isser mit lauter Juden zusammen, un die haben ihre eigenen Häuser un ihre eigenen Läden un ihre eigenen Schulen un ihre eigenen Handwerksbetriebe, un da könnense machen, wat se wollen. Also da fühlter sich bestimmt wohler als bei Ihnen, dat können Se mir jlauben, jute Frau."

Und wirklich, die Mama hat ihm geglaubt! Wir alle haben diese Geschichte geglaubt! Mein Gott, wir haben sie tatsächlich geglaubt, so blauäugig und naiv wie wir waren. Später jedoch, als der Krieg zu Ende war und wir die furchtbare Wahrheit über die Judenvernichtung erfahren hatten, dachten wir oft darüber nach, wie es wohl Jakob, unserem früheren jüdischen Mitarbeiter, ergangen sein mag.Etwa sechs Monate nach dem unseligen Krieg war es, da hielt vor unserem Haus eine schwere Sportmaschine, auf dem ein junger Mann saß. Er trug die Uniform eines amerikanischen Militärpolizisten. Was wollte er von uns? Einen meiner Brüder holen? Doch dieser Fremde hatte nichts Böses im Sinn. Er lächelte uns freundlich an, und an diesem etwas scheuen Lächeln erkannten wir ihn wieder - es war Jakob!

„Hallo", sagte er zu Mama, „ich wollte Ihnen Guten Tag sagen und sehen, wie Sie den Krieg überstanden haben," Und dann erzählte er uns, dass er damals, im Herbst 1942, zusammen mit seinen Eltern und seinen Brüdern ins Warschauer Getto gesperrt und später in ein Konzentrationslager überführt wurde.

„Alle meine Familienangehörigen sind dort umgekommen. Nur ich habe überlebt und wurde gegen Ende des Krieges von den Amis befreit. Seitdem", fuhr er fort, „arbeite ich für die Alliierten, und ich hoffe, eines Tages nach Amerika auswandern zu können. Vorher aber wollte ich Ihnen noch dafür danken, dass sie sich damals so für mich eingesetzt haben."

Mit diesen Worten ließ er uns – die wir doch so wenig für ihn haben tun können – leicht beschämt, aber auch erleichtert darüber, dass wenigstens Jacob den wahnsinnigen Nazi-Terror überlebt hatte, zurück.

Von großen und von kleinen Tieren

Wie so viele Leute in diesen Kriegstagen wurden auch wir nie richtig satt. Wie entzückt war Mama daher, als sich ein gewichtiger Butterfabrikant aus Hamburg zu einem Besuch anmeldete. Mama hoffte, er würde nicht mit leeren Händen kommen. Und wirklich, er brachte zwei Kilo Butter mit! Zwei Kilo! Verständlich, dass Mama von dem Mann sehr angetan war. Der Strauß gelber Rosen aber – den er ihr überreichte - brachte sie eher in Verlegenheit. Sollte dies eine Bestechung sein? Nein, versicherte der Herr Fabrikant, dem man seine neunundvierzig Jahre kaum ansah, wenn man von seinem etwas vorstehenden Bauch absah. Nein, er bat die „liebe gnädige Frau" nur innig, bei ihrer Tochter Miriam ein gutes Wort für ihn einzulegen, damit sie ihm doch endlich das ersehnte ‚Ja-Wort' geben werde.

Aha, der werte Herr wandelte auf Freiersfüßen! Na schön, Mama wollte sehen, was sie bei ihrer Ältesten - die eigentlich stets ihren eigenen Kopf hatte - erreichen würde. Und dankbar küsste der Eigner riesiger Hamburger Butter-Kühlhäuser meiner Mama die Hand. Miriam aber ließ sich nicht dazu überreden, einen so *alten Knaben* zu ehelichen. Sie rechnete sich bessere Chancen aus. Schließlich hatte sie von ihrer flotten Freundin Alice gelernt, wie man erfolgreich auf *Großwildjagd* geht: „Wenn du im Zug Erster Klasse sitzt, brauchst du nur eine Zeitung auf dem Kopf zu halten, und schon wirst du von deinem Zugnachbarn angesprochen." Doch solche Tricks hatte Miriam eigentlich nicht nötig. Mit ihrem gewandten Auftreten und ihrem gutem Aussehen entsprach sie ganz dem Bild einer „Großen Dame".

So war es nicht verwunderlich, dass sie ständig von irgendwelchen Verehrern umschwirrt wurde. Vorsichtshalber verschwieg sie ihnen jedoch ihre Herkunft aus unserer schäbigen kleinen Ziethenstraße und ließ sich von den Herren Kavalieren lieber in die Yorkstraße begleiten. Dort verschwand sie dann in einem der Vorgärten, die die Villen der Schönen und Reichen unserer Stadt umgaben. „Mehr Schein als Sein" war wohl ihre

Devise. Inzwischen hatte sie sich in den Kopf gesetzt, Schauspielerin zu werden und sich an der berühmten Schauspielschule in Danzig angemeldet. Und die Schule schien wirklich auf sie gewartet zu haben. Nach der Vorstellungsprobe wurde sie nicht nur angenommen, nein, sie durfte auch gleich die erste Klasse überspringen. Offensichtlich versprach sie, mindestens eine zweite Paula Wessely zu werden. Doch trotz dieser Voraussetzungen konnte Miriam nicht lange von künftigem Ruhm träumen, denn kaum hatte ihre Ausbildung begonnen, erhielt sie eine Kriegsdienstverpflichtung zur Reichsbahn, die sie tief ins Innere Russlands nach Kiew beorderte. Ob sie dort auch ernsthaft gearbeitet hat, oder nur damit beschäftigt war, den Männern den Kopf zu verdrehen? Jedenfalls erreichte uns eines Tages aus Russland ein Brief, der uns kaum überraschte: „Meine Lieben", schrieb Miriam, „ich habe mich mit einem Rittmeister verlobt, der hier irgendwie zum Generalstab gehört."

Da hatte sich meine Schwester Miriam ja wirklich ein hohes Tier geangelt - einen waschechten *Freiherrn von und zum...* Also, seinen Namen will ich hier nicht nennen, er tut nichts zur Sache. Georg jedenfalls machte gleich seine Scherze: „Herr von...von Knesebeck, Sie haben Ihr...Ihr Monokel in die Sch...Scheiße fallen lassen." Und tatsächlich, der Mann auf dem beigelegten Foto trug standesbewusst ein echtes Monokel. Richtig schneidig wirkte er in seiner Rittmeisteruniform mit dem vielen Lametta und dem Schleppsäbel an der Seite! Das Monokel jedoch verlieh seinem Gesicht einen etwas weltfernen Ausdruck.

Was sollten wir dazu sagen? Miriam sollte bald selbst herausfinden, dass dieser Mann nicht der richtige Partner für sie war. An das Monokel, da hätte sie sich mit der Zeit noch gewöhnen können. Spätestens aber nach dem ersten Anstandsbesuch bei seiner Mutter in Berlin hatte sie die Nase voll von dieser Familie, die noch den Staub der alten K. und K. Monarchie in ihrem halb verfallenen Palast, ebenso wie in ihren Köpfen trug. Miriam kündigte die hochherrschaftlichen Fesseln auf und weinte dem Mann, der aus der Kälte kam, keine Träne nach.

Doch während Miriam noch in höheren Regionen schwebte, hatte Anna, meine zweite Schwester, die Schulzeit beendet und durfte nun wählen, ob sie lieber in der Stadt oder auf dem Lande ihr Pflichtjahr ableisten wollte. Anna hatte sich fürs Land entschieden und landete auf einem Bauernhof im Sauerland. Ich glaube, damit hatte sie die richtige Wahl getroffen. Ihre Briefe klangen jedenfalls recht euphorisch. Einmal legte sie ein Foto bei. Darauf ritt sie auf einer Kuh, die dasselbe gutmütige Gesicht hatte wie der Bauer, der freundlich lächelnd neben ihr herstakste. Später folgte ein Schnappschuss, auf dem Anna erhobenen Hauptes gar hoch zu Ross saß.

Man merkte ihr förmlich an, wie wohl Anna sich auf dem Bauernhof fühlte. Nur die vielen Mäuse dort und vor allem die wahnsinnig verfressene Katze des Hauses haben ihr nicht gefallen, wie sie später erzählte. Alles habe die Katze angeknabbert – die Wurst im Küchenschrank und selbst das Brot auf dem Tisch. Mäusefangen aber wollte sie nicht. Stattdessen habe sie Tag für Tag hinter den Herd geschissen, und Anna durfte jeden Morgen ihre stinkende Hinterlassenschaft wegputzen. Nachts aber trampelten die Mäuse ungestört über den Dachboden und ließen meine arme Schwester nicht zur Ruhe kommen. Anna war empört. Wozu war die Katze da, wenn nicht zum Mäusefangen! Irgendwann schnappte sie sich das faule Vieh und sperrte es auf dem Dachboden ein, ohne daran zu denken, dass daneben die Vorratskammer lag. Als sie später den Dachboden wieder aufsuchte, überraschte sie die Katze dabei, wie sie vereint mit einem Dutzend Mäusen genüsslich an einer Speckseite knabberte. Bei Annas Auftauchen huschten die Mäuse nach allen Seiten weg. Die Katze aber blieb ungerührt neben ihrer Beute sitzen und glotzte Anna dösig mit ihren funkelnden grünen Augen an. Seitdem mag Anna keine Katzen mehr.

Fast zeitgleich mit meiner Schwester hielt sich auch mein Bruder Toni auf einem Bauernhof auf. Na ja, es war wohl eher ein ausgewachsener Gutshof, auf dem er als Landwirtschafts-Eleve arbeitete. Dieser Hof gehörte dem werten Herrn Doktor Robert Ley. Der war ein ganz hohes Tier bei den Nazis, seines Zeichens Gauleiter und Vorsitzender der Deutschen Arbeiterfront, außerdem ein bekannter Säufer und ein berüchtigter Weiberheld. Wie Toni auf den ‚Musterhof' dieses Oberbonzen kam? Nun, die Familie Weber, mit deren Sohn – einem Architekten - Papa befreundet war, ließ dafür ihre Beziehungen spielen. Ihr Obstgut lag nur zehn Kilometer vom Ley-Hof entfernt. Als Anna einmal dort ihre Ferien verbrachte, tauchte da eines Tages plötzlich dieser merkwürdige Doktor Ley auf. Zweispännig kam er mit seiner Kutsche vorgefahren in Begleitung seiner jungen Frau und seiner noch jüngeren Geliebten, die beide gleichzeitig von ihm schwanger waren.

Was mögen die beiden Frauen wohl an diesem Mann gefunden haben, grübelte Anna. Klein und fett, dazu noch monströs aufgeplustert durch seine Phantasieuniform, wirkte er eher wie eine Karikatur, denn wie der Traumheld schöner Frauen.

Zudem soll er schrecklich cholerisch gewesen sein! Davon konnte auch Toni während seines Aufenthalts auf dem Ley-Hof ein Lied singen:

„Dieser aufgeblasene Kerl! Schreit ständig rum, stottert erbärmlich, säuft wie ein Pferdekutscher und bringt alles auf dem Hof durcheinander. Das Widerlichste an ihm aber ist, dass er vor den Augen seiner Leute die eigene Frau verprügelt! Wie kann solch ein Mann nur solch einen hohen Posten bei der Regierung bekleiden?"

Nur gut, dass dieser ungehobelte Kerl sich so selten auf dem Gutshof aufhielt. Die meiste Zeit des Jahres verbrachte er ja in Berlin. Wenn Ley nicht da war, schien meinem Bruder das Leben auf dem Lande erträglicher, vor allem, wenn er dabei an sein Ziel dachte. Toni hatte nämlich einen Traum, er träumte von Afrika! Er glaubte fest daran, dass die Deutschen irgendwann ihre ehemaligen Kolonien zurück erobern würden. Zu dieser Zeit verliefen ja die Kämpfe des Afrika-Korps unter Generalfeldmarschall Rommel noch ausgesprochen siegreich. Wenn der Krieg erst mal vorbei sein wird, dann wollte Toni sich dort niederlassen. Er hatte dabei das alte Deutsch-Südwest-Afrika vor Augen, dieses gelobte Land, das bereits hundert Jahre zuvor schon deutsche Farmer angelockt hat: Gras soweit das Auge reicht, dahinter Steppe, aus der im fernen Dunst braune Bergketten aufragen. Auf den ersten Blick eine spröde Schönheit, aber wenn die gewaltigen Regengüsse kommen, ein grünes Paradies mit unendlichen Weiden, die Nahrung bieten für riesige Rinderherden.

„Du wirst sehen, Schwesterherz", versuchte Toni mich zu überzeugen, „eines Tages werde ich in Afrika leben und selbst ein Teil dieses Landes werden". Er sehnte sich so sehr nach dieser Sonne über Afrika, dem riesigen Mond über seinen Steppen und seinen geheimnisvollen Tieren. Diese Sehnsucht nach dem afrikanischen Kontinent hatte Toni auch auf mich übertragen, und sie hat sich bis heute bei mir gehalten, denn sie wurde ja nie gestillt.

Bomben, Zweifel und Parolen

Es war das Jahr 1942. Mit meinen zwölf Jahren war ich noch immer so ein mageres, bleichsüchtiges Ding. Doch ich war zäh, ließ mich nicht unterkriegen. Immer öfter mussten wir hungern, immer öfter wurden wir angehalten, für das Winterhilfswerk zu sammeln. Einmal im Monat gab es einen Eintopf-Sonntag. Was dadurch im Haushalt gespart wurde, sollte als Spende an kinderreiche Familien weitergegeben werden. Ob das Geld je dort angekommen ist? Wer gehörte denn zu den kinderreichen Familien, wenn nicht wir? Wir aber haben nie etwas von dem Geldsegen abbekommen. Vielleicht waren ja Familien, deren Väter in den Gruben arbeiteten oder an der Front kämpften, wirklich hilfsbedürftiger. Wir hofften jedenfalls, dass wenigstens sie die Unterstützung bekamen, die sie brauchten. Doch wir glaubten nicht mehr so recht an das soziale Gewissen der herrschenden Klasse. Wir glaubten auch nicht mehr so recht an die Notwendigkeit des Krieges, die man uns immer noch und immer wieder einreden wollte. Das aber hätten wir niemals laut gesagt. Dann hätten wir ja als Vaterlandsverräter gegolten, und darauf stand Zuchthaus oder gar die Todesstrafe. Also versuchten wir, unsere Zweifel zu unterdrücken und weiterhin - trotz inzwischen einsetzender Rückschläge an allen Fronten - an den Sieg zu glauben. Und unbeirrt wie bisher sangen die Jungen beim „Jungvolk": *„Wir werden weiter marschieren, wenn alles in Scherben fällt, denn heute gehört uns Deutschland und morgen die ganze Welt."*

Heutzutage ist die Musik für Jugendlichen ein wichtiges Element, um sich zu entfalten und zu sich selbst zu finden. Uns jedoch bedröhnte man damals mit Marschmusik und Nazi-Liedern, die wie schleichendes Gift in unsere Gehirne drangen. Allmählich aber überdeckte ein anderer Sound alle Durchhalteparolen: das Dröhnen der feindlichen Flugzeuge, das Rattern der Flakgeschütze, das Krachen der Bomben, das Prasseln der Flammen in den brennenden Häusern. Immer häufiger gab es Fliegeralarm, schreckte uns das Sirenengeheul aus dem Schlaf. Da zählte der Mut nicht mehr viel, da verlor so mancher den Glauben an die deutsche Überlegenheit, da verkrochen sich die Menschen in die Keller und Bunker. Da suchten auch wir, nur notdürftig bekleidet, die notwendigsten Dinge in eine Tasche gesteckt, unseren Luftschutzkeller auf.

Oh, kalt ist es da unten und so duster! Die nackte Birne unter der Decke erhellt kaum die Mitte des Raumes, lässt die Konturen der Menschen verschwimmen, lässt lange Schatten entstehen, die sich wie grotesk tanzende Geister auf den Wänden niederschlagen. Da kauern wir zusammengedrängt auf den unbequemen Holzbänken und lauschen auf die Geräusche, die von außen durch die dicken Wände dringen. Fallen schon irgendwo Bomben? Sind die Einschläge weiter weg oder sind sie ganz nahe? O Gott, verschone uns! Hier unten lernt mancher wieder beten! Tante Martha aber hat ein so unerschütterliches Gottvertrauen, dass sie gar nicht erst in den Keller geht. „Mir passiert doch nichts, dafür wird die Heilige Jungfrau schon sorgen!" Hat sie ihr nicht gestern noch in der Kirche eine Kerze geweiht? Vielleicht hält die Mutter Gottes ja wirklich ihre schützende Hand über sie. Plötzlich aber beginnt das elektrische Licht zu flackern, erlischt schließlich ganz. Nun hocken wir bei Kerzenlicht auf engem Raum zusammen und flüstern verängstigt mit den Nachbarn. Einige flüchten sich in Galgenhumor und versuchen, ihre Angst einfach wegzulachen. Auffallend aber ist, dass gerade Frontsoldaten auf Heimaturlaub - ihren Tapferkeits-Medaillen zum Trotz - einen Heidenschiss zeigen.

„An der Front", sagen sie, „da können wir reagieren, da können wir kämpfen! Klar, wir können dabei auch sterben! Aber hier im Keller, da können wir nur hilflos abwarten, was mit uns passiert.

In dieser Nacht jedenfalls sind wir noch einmal davon gekommen, andere Häuser und Straßenzüge hat es allerdings getroffen. Und mit jedem Bombenangriff wurde die Stimmung in der Bevölkerung zwiespältiger, unruhiger, gereizter! Wer glaubte denn noch an einen Sieg? Aber kaum einer wagten es, diese Zweifel laut zu äußern. Nur Tante Luise sprach manchmal davon, dass dieser Krieg ein Unrecht sei und dass wir ihn verlieren würden. Woher sie das wusste? Nun, sie hat uns verraten, dass sie hin und wieder den Feindsender hörte. Du liebe Zeit! Wenn das die Parteibonzen erführen! Uns lief ein Schauer über den Rücken. Nein, wir hätten uns das nicht getraut. Das war doch verboten! Das tat man doch nicht! Heimlich aber bewunderten wir Tante Luise, dass sie den Mut dazu aufbrachte. Überhaupt war sie eine der wenigen, die sich selbst in diesen braunen Zeiten unangepasst und mutig gab.

Auch Klara Keul, eine Freundin von Mama, hatte schon früh von den Grausamkeiten der Naziherrschaft erfahren. In ihrem Hutsalon in der Gelsenkirchener Altstadt hatten damals einige Juden verkehrt, die ihr ihre Nöte anvertraut haben. Aber sie schwieg darüber, um niemanden zu gefährden. Erst später – als der Krieg vorüber war - hat sie davon gesprochen. Sie war es auch, die mir die Geschichte von dem Pastor einer Wattenscheider Kirchengemeinde erzählt hat, einem unbeugsamen Prediger vor dem Herrn, der aussah wie ein unschuldig gefalteter Engel und das schlichte, wilde Herz eines Mannes hatte, das von ungebrochener Kampfeslust glühte. Immer zornentbrannt gegen die Nazis rief er den Himmel an, er möge Feuer und Schwefel auf sie herabregnen lassen und malte mit der Plastik eines Michelangelos den Teufel an die Wand. Seine Stimme klang wie eine rostige Säge, aber was er sagte, war geschliffen wie schneidender Stahl.

Dieser Priester scheute sich nicht einmal, offen gegen die Geheimpolizisten zu wettern, die sich auffällig-unauffällig in seine Messe schlichen. „Sie dahinten, jawohl, die Herren in den schwarzen Ledermänteln meine ich! Verschwinden Sie aus meinem Gotteshaus! Sie haben hier unter gläubigen Christen nichts zu suchen!" Er zeigte auch keine Furcht, als man ihn abholte und ins Zuchthaus steckte. Zwar ließ man ihn bald wieder laufen, doch später sperrte man ihn ein zweites Mal und dann ein drittes Mal ein. Danach klang seine Stimme als ‚Rufer in der Wüste' wohl leiser, aber erloschen ist sie nicht.

Hätte es damals nur mehr solcher Stimmen gegeben!

Eine Schule zieht nach Bayern

Der Krieg war Alltag geworden. Butter, Brot, Milch und Fleisch wurden immer stärker rationiert. Wir lernten, mit unseren Lebensmittel-Zuteilungen mehr schlecht als recht zu leben. Auch an der Front wurde es immer schlimmer. Fremde Namen tauchten in den Meldungen auf – Namen von Städten, die gefallen und zu Staub geworden sind. Dieser Krieg! Mit seinen gellenden Sondermeldungen! Mit den unter blauem Himmel gestaffelten deutschen Flugzeugen, die ihre Kondensstreifen wie Wimpel hinter sich herzogen, um gegen das Land der Feinde anzufliegen.

Ach dieser Krieg! Diese todbringende Falle! Nun wurden auch die Städte in der Heimat nicht mehr verschont. Nun waren es die Flugzeuge der Alliierten, die ihre Bombenlast über unseren Häuptern abwarfen und ganze Regionen in Schutt und Asche legten. Nachts lagen die Städte völlig abgedunkelt im Dunkeln. Doch man konnte nicht einschlafen, wartete nur auf das Heulen der Sirenen. Und wenn sie ihren schauerlichen Ton erschallen ließen, horchte man auf das Dröhnen der Flugzeugmotoren. Waren nur kleinere Verbände im Anflug, suchten die Menschen Schutz im Keller ihres Hauses. Klang das Dröhnen aber bedrohlicher, flüchteten sie in die kalten Bunker.

Oh, dieser verfluchte Krieg! Wieder eine Bombennacht! Nach einer entsetzlichen Stunde des Bangens gaben die Sirenen endlich mit lang gezogenen Tönen Entwarnung. Da krochen sie alle aus ihren lächerlichen Luftschutzkellern. Ängstlich suchten ihre Augen nach Angehörigen, Freunden, Verwandten. „Bitte, lieber Gott, lass ihnen nichts passiert sein!" In den Straßen brannte es noch. Übernächtigt stand die Feuerwehr vor züngelnden Fassaden. Möbel lehnten nass und schief im Rinnstein. Die Fensterrahmen der Häuser hingen halb aus ihren Höhlen, die Gehsteige waren übersät mit Scherben. An den Ecken wurden Schmalzstullen und heißer Kaffee verteilt. Hier ging's nicht mehr weiter. Trümmer, Qualm, Einsturzgefahr. Aus!

Inzwischen wurde die Lage in unseren Städten immer gefährlicher. Das Ruhrgebiet mit seinen Zechen und Fabriken war zu einem bevorzugten Angriffsziel der Gegner geworden. Die Stadtverwaltungen fasten Beschlüsse: „Unsere Jugend muss raus aus diesem Hexenkessel. Schickt die Mütter mit kleinen Kindern aufs Land – nach Böhmen oder Mähren! Schickt die Schulen in weniger gefährdete Gebiete! Warum nicht nach Bayern? In diese idyllische Gebirgswelt verirren sich nur selten feindliche Flieger."

Eines Tages dann war es auch in Gelsenkirchen so weit: „Macht euch reisefertig", hieß es unvermittelt, „Eure Mädchen-Mittelschule wird nach Bayern verlegt". Wir, die Betroffenen, wurden nicht gefragt, also fragten auch wir nicht - Anordnungen wurden eben befolgt. Und so begann in vielen Familien das große Kofferpacken. Irgendwie freuten wir uns sogar auf die Evakuierung. „Ab aufs Land? Da simmer dabei – dat is ja prima! Echtet Lagerleben? Mensch, wie romantisch! Nen richtigen Tapetenwechsel, boh! Mal wat Neuet erleben, warum nich? Un Bayern soll ja auch viel wat schnuckligeret sein als unsern ollen Kohlenpott!"

Der Abschied von der Heimat fiel uns sonderbar leicht. Ich schämte mich eigentlich, dass ich nicht wehmütiger war. Die Mama weinte. Ich konnte es nicht. Also keine Tränen beim Abschied, sondern ein fröhliches Winken. *„Wir sind jung, die Welt ist offen – oh du schöne weite Welt".*

Wer ahnte denn schon, dass die Trennung von der Heimat, der Familie, den Freunden mehr als zwei lange Jahre dauern würde. Die merkwürdige Leere und Vereinsamung in der Gruppe, wir sollten sie später erst kennen lernen. Von meinem Abteifenster aus warf ich einen letzten Blick auf das markante Gebäude der Gelsenkirchener Post, das gleich neben dem Bahnhof lag. Und während unser Zug zunächst langsam, dann immer rascher dahinrollte, kam mir alles ganz unwirklich vor. Eben noch hatte ich zu Hause mit Mama und den Geschwistern zusammen gefrühstückt. Tja, und nun, nun saß ich hier im Sonderzug, der die Schülerinnen der Mädchenmittelschule, zu der auch ich gehörte, nach Bayern verfrachten sollte. Doch die aufkommende Beklommenheit wich schnell einer erwartungsfrohen Neugierde. Ich sah die Städte des Ruhrgebiets vorbei rauschen, sah die lachenden Gesichter meiner Mitreisenden und war plötzlich so fröhlich und ausgelassen wie noch nie. „Ich reise", sang es in mir, „ich reise fort von allem, was ich bisher kannte, ich reise in die weite Welt." In diesem Gefühl des Wirklich-Unwirklichem fühlte ich mich seltsam glücklich. *„Wildgänse rauschen durch die Nacht"* klang es lautstark aus dem Nachbarabteil, und unternehmungslustig sang meine Gruppe dagegen an: *„Schwarzbraun ist die Haselnuss, schwarzbraun bin auch ich, bin auch ich!"*

Ohne Halt fuhren wir durch die wechselnden Landschaften. Das Ruhrgebiet hatten wir längst hinter uns gelassen. Eine Zeitlang begleitete uns der Rhein. Ja, warum, überlegten wir gut gelaunt, warum ist es denn am Rhein so schön? Weil hier die vielen Reben stehen? Doch bevor wir das ergründen konnten, hatten wir das rheinische Gebiet wieder verlassen und kreuzten nun durch das Schwabenland. Irgendjemand stimmte das Lied an: *„Auf der schwäbsche Eisebahne"*. Wenn wir auch noch nicht viel von der Welt gesehen hatten, so konnten wir sie doch über unsere Lieder erobern oder sie uns zumindest ein wenig vertraut machen. Und so fuhren wir singend in den Karlsruher Bahnhof ein.

„Warum hält der Zug hier so lange? Wird die Lok ausgewechselt? Ist die Strecke blockiert?" Neugierig blickte ich durch das Abteilfenster. War das ein geschäftiges Treiben auf dem Bahnsteig! Frauen in Rote-Kreuz-Kluft liefen aufgeregt von Abteil zu Abteil und reichten Becher mit Limonade rauf; Bahnbeamte schritten gewichtig am Zug entlang, ihre rote Kelle fest in Händen haltend; Reisende standen neben ihrem Gepäck und warteten auf den Gegenzug. Einige junge Burschen in HJ-Uniformen demonstrierten, dass sich die Partei – vertreten durch das *Jungvolk* – für die Verschickung der Schulklassen aus dem gefährdeten Ruhrgebiet ins bayerische Land mitverantwortlich fühlten. Wie reife Trauben hingen wir an den Fenstern, lachten, winkten, riefen und erhielten ein freundliches Echo. Wie waren wir doch übermütig und voller Begierde, das neue Leben aufzusaugen!

Vor unserem Abteilfenster erschien einer der Jungvolkführer. Er hatte ein leicht draufgängerisches Gesicht und wirkte dabei doch so lieb und knuffig, als wäre er einem Hundekörbchen entsprungen. Aus den Augenwinkeln beobachtete ich, wie dieser Gruppenleiter der Pimpfe - oder was er sonst sein mochte - unbekümmert scherzte und lachte. Hatte auch er mich bemerkt? Ich lehnte mich aus dem Abteilfenster und strahlte ihn an. Und siehe da - er strahlte zurück. Eine Zeitlang flachsten wir miteinander herum und schon bald fühlten wir uns so vertraut wie alte Bekannte und plauderten munter drauf los. Noch ahnten wir ja nicht, dass meine Mitschülerinnen und ich während der nächsten drei Jahre in dem fernen Schul-Lager wie unter einer Käseglocke leben würden - ohne Kontakt zu irgendwelchen Fremden, ohne Kontakt zum anderen Geschlecht.

Ein durchdringender Pfiff unterbrach abrupt meinen zarten Flirt mit dem freundlichen Unbekannten, und gleich setzte der Zug sich wieder in Bewegung. Noch ein kurzes Winken, und der Bahnsteig mit seinen Menschen wurde immer kleiner, bis er in der Ferne verschwand und sich der Zauber des Augenblicks verflüchtigte. Was von nun an um mich herum geschah, berührte mich nicht mehr. Nur schemenhaft nahm ich wahr, wie der Zug an reifenden Getreidefeldern vorbei rollte, die Blumen an den Gleisrändern leuchtender, die Wiesen grüner wurden. Doch die Menschen auch glücklicher? So glücklich wie die Kühe mit ihren großen Glocken auf ihren Almen? Wer weiß!

Plötzlichen, mit einen lauten Ruck, hielt der Zug, und ich erwachte aus meinen Träumen. Wir waren in Bad Tölz angekommen, der Endstation für unseren Sonderzug! Doch dieses Bad war zunächst nichts anderes als ein Blick vom Bahnhof auf die gegenüber liegenden Cafes mit allem, was dazu gehörte – rotweiß gestreiften Markisen, Tische auf den Bürgersteigen und Blumenkästen rundherum wie auf dem Werbeplakat eines Reisebüros, ansonsten aber nur Reihen von Reisebussen, die darauf warteten, uns weiter zu bringen nach Bad Heilbrunn, unserem eigentlichen Ziel. Von der sich endlos dahin ziehenden Landstraße her näherten wir uns einer dunklen Baumgruppe. Kaum hatten wir diese passiert, verkündete stolz ein Schild: „Bad Heilbrunn". Ich sehe es noch vor mir - dieses angepeilte Nest von einem Dorf, ganz klein inmitten der umgebenden Berghänge, die im samtigen Faltenwurf moosgrüner Hügel auslaufen, vom Adergeflecht tiefer Talsenken durchzogen. Nun kamen auch Reihen weiß gekalkter Häuschen in Sicht mit ihren traditionellen holzgeschnitzten Balkonen an der Vorderfront. Rings um das Dorf erstreckten sich sorgsam gepflegte Äcker. Das also war Bad Heilbrunn, das für uns von nun an Heimatersatz werden sollte! Zwar sind nicht alle Schülerinnen unserer Mädchen-Mittel-Schule mitgefahren - manche waren bei ihren Familien im Ruhrpott geblieben, andere zu Verwandten aufs Land gezogen oder mit der ganzen Familie evakuiert - doch immer noch blieb ein großer Kreis von Schülerinnen übrig, der nun auf das kleine Kurbad verteilt werden sollte.

Wir hielten in der Mitte des Dorfplatzes, teilten uns klassenweise in Gruppen auf und warteten ergeben wie Lämmer vor der Schlachtbank darauf, in irgendeines der Häuser geführt zu werden - inzwischen viel zu müde, um zu drängeln, zu protestieren. Ein größerer Teil - vielleicht zwei oder drei Klassen stark - wurde in das ehemalige Park-Hotel in der Dorfmitte dirigiert, weitere Gruppen landeten in einigen umliegenden Gasthöfen. Was aber hatte man mit uns vor, den Schülerinnen der Klasse 6 b? Völlig verzagt standen wir noch immer auf dem kahlen Dorfplatz. Zwei Frauen gesellten sich zu uns. „Los, Kinder", kommandierte die kleinere der beiden Damen im Befehlston, „steigt schnell hier in den Bus ein, damit wir weiter zum Haus Waldesrast fahren können, wo ihr von nun an wohnen werdet."

Als wir wieder im Reisegefährt Platz genommen hatten, bat die eine der beiden Fremden um Ruhe. „Also, mein Name ist

Naberschulte", stellte sich die offenbar sehr Energie geladene Dame vor. „Ich bin eure neue Klassenlehrerin und gebe demnächst bei euch den Englischunterricht. Und das", fuhr sie fort und wies dabei mit spitzem Finger auf ihre Gefährtin, die still und ergeben neben ihr saß, „das ist Fräulein Klee, eure neue Deutschlehrerin." Na, das konnte ja heiter werden! Diese Naberschulte machte den Eindruck eines grässlichen Drachens! Und mit der sollten wir – der klägliche Rest von zwanzig Schülerinnen unserer Klasse – in nächster Zeit auf engstem Raum in einem Haus zusammen wohnen? O Herr, behüte uns!

Dieses Lagerleben

Wie kann ich die Dinge auf den Punkt bringen? Da waren wir nun – zwanzig pubertierende Mädchen, die gerade erst anfingen, ihr eigenes Geschlecht zu entdecken. Wir glichen Hühnern, die sich eingeschlossen fühlten in einem Hühnerhof, den sie für die ganze Welt hielten. Dieses „Haus Waldesrast" – weit außerhalb des Dorfes am Rande eines Mischwaldes gelegen - wurde für uns zur Heimstatt im wahrsten Sinne des Wortes. Es gab kein Entrinnen, kein Versteck, in das wir uns zurückziehen konnten. Unsere Schlafräume, die wir uns jeweils zu Viert teilten, suchten wir nur zum Schlafen auf, denn außer den Betten, dem gemeinsamen Kleiderschrank und einem Waschbecken gab es dort nichts, was einen Aufenthalt lohnte - keinen Tisch, keinen Stuhl, keine Ablage, kein Versteck.

Der ehemalige Gastraum im Erdgeschoss des Hauses war unser ständiger Lebensraum. Hier wurden die Mahlzeiten eingenommen – morgens, mittags, abends. Hier wurde an den Vormittagen der Unterricht abgehalten und an den Nachmittagen die Schulaufgaben erledigt. Hier fanden auch unsere Freizeitaktivitäten statt, wie lesen, quatschen, Unsinn verzapfen oder - unter dem Kommando von häufig wechselnden BDM-Führerinnen etwa 2 mal wöchentlich - singen, basteln, Spiele machen. Nur bei schönem Wetter verließen wir manchmal das Haus, um auf der Terrasse die Fliegen zu zählen und dem Summen der Mücken zu lauschen.

Wir hatten praktisch keine Aussenkontakte, auch nicht zu den Mitschülerinnen der anderen Jahrgangsklassen, die vorwiegend in der Mitte des Ortes untergebracht waren. Ich kann nicht einmal sagen, ob wir überhaupt jemals in das Dorf gekommen sind, und ob es dort auch Geschäfte gab und ob die Gemeinde eine eigene Schule hatte. Einmal nur, da haben wir einen großen gemeinsamen Schulausflug unternommen, und zwar zum Kochelsee, der - malerisch umringt von Bergen - gar nicht weit von Bad Heilbrunn entfernt liegt. Aber dieser Ausflug hat in meinem Gedächtnis kaum Spuren hinterlassen. Er ging wohl unter im Einheitsbrei unserer üblichen Tage.

So hockten wir halt den lieben langen Tag im Haus Waldesrast zusammen wie Hühner auf der Stange. Wir konnten einander nicht entrinnen. Jede von uns bekam mit, was die andere sagte, dachte, machte. Ja, selbst unsere Träume vermochten wir kaum vor unseren Schicksalsgenossinnen geheim zu halten. Doch obwohl wir im Lager so hautnah zusammen lebten, zog sich zeitweise jede von uns in ihr eigenes Schneckenhaus zurück, strampelte sich allein ab, ohne wirklich Halt zu finden. Ich selbst fühlte mich in diesem Haufen oft so einsam, dass die Tapete an der Wand eine Gänsehaut kriegte. Keine Mama, die mich in den Arm nahm! Keine Geschwister, die mich knufften! Kein Hinterhof, vor dem die Freunde auf mich warteten! Keine keifenden Nachbarn, die sich über unseren Lärm beklagten. Nur das unaufhörliche Geplapper der Mitschülerinnen, das sich einfach nicht abstellen ließ!

Und unsere Lehrerinnen? Ach die, die lebten auf einem anderen Stern! Ja, manchmal - wenn die Gelegenheit günstig und sie ausnahmsweise gut gelaunt waren - dann konnte man auch mal mit einer von ihnen reden. Im allgemeinen aber waren sie offensichtlich weit von uns entfernt, thronten in ihrer Ecke am Ende des Tagesraumes, abgehoben von uns schon dadurch, dass ihnen die Mahlzeiten auf feinstem Porzellan am weiß gedeckten Tisch serviert wurden, während wir uns in langen Schlangen an der Essensausgabe anstellen mussten, um unsere knapp bemessenen Portionen auf billigem Einheitsgeschirr in Empfang zu nehmen.

Selbst während der Hausaufgabenstunden gingen die beiden Aufsicht führenden Lehrkräfte zu uns auf Distanz. Die neueste Tageszeitung war für sie ein ausgezeichnetes Instrument, um sich dahinter zu verschanzen. Wir Schülerinnen aber bekamen weder Zeitungen noch Illustrierte in die Hände, und von den Radiosendungen durften wir nur Sondermeldungen oder Hitlers Reden hören. Auch dadurch wurde die Kluft zwischen uns - den Unwissenden und denen, die vorgaben, alle Weisheit der Welt gefressen zu haben - vergrößert. So blieben sie für uns unerreichbare Respektpersonen, mit deren Autorität wir bisweilen einige Mitschülerinnen zu schocken versuchten. Es passierte ja sonst nichts in diesem Haufen. Selbst die Abende waren sterbenslangweilig. Um neun Uhr mussten wir in den Betten liegen und das Licht in den Zimmern löschen. Wir konnten uns dann nicht einmal hinter Büchern vergraben. Sogar harmlose Nachtgespräche waren verboten. Fräulein Naberschulte, die ihre Verantwortung für uns mehr als ernst nahm, gab sich unerbittlich. Wie ein böser Geist schlich sie abends durch die Flure und horchte an den Zimmertüren. Und wehe, sie hörte nur ein leichtes Husten, schon steckte sie ihren grauen Raubvogelkopf durch die Tür und drohte uns schreckliche Strafen an.

Dieses Kontrolliertwerden war natürlich auch in anderer Hinsicht ein Problem, denn wie sollten wir am nächsten Morgen im Schulunterricht den erforderlichen Stoff vom Vortage wiederholen können, wenn es keine Möglichkeit gab, sich auszutauschen? Wir hatten ja keine Schulbücher, nicht einmal für Englisch, in denen wir das nachlesen konnten, was die Lehrerinnen in den Unterrichtsstunden vorgetragen hatten. Das galt besonders für Geschichte, dessen Lektionen uns unsere allzu strenge Miss Naberschulte beizubringen versuchte. Die meisten Mädel meiner Klasse fanden einfach keinen Draht zu diesem Fach. Infolgedessen blieb in ihrem Kopf kaum etwas davon hängen.

Hier musste ich oft den rettenden Engel spielen: Nach dem Zapfenstreich huschten dann einige Gestalten mit ihren weißen Nachtgewändern in mein Zimmer - immer auf der Hut vor dem lauernden Hausdrachen. „Eva, erzähl uns mal, was hat die alte Naberschulte in der letzten Geschichtsstunde über Karl den Großen und Pippin den Kurzen gesagt?" Und ich erzählte ihnen alles, was ich behalten hatte, und das war viel - Geschichte war schließlich mein Lieblingsfach. Sie beflügelte mich, regte meine Phantasie an. Ich schmückte sie aus, füllte sie auf mit früher Gehörtem, früher Gelesenen, in Filmen Gesehenem. Dass ich damals schon kein gutes Gedächtnis für Namen und Daten hatte, fiel dabei nicht sonderlich auf. Selbst die Lehrerinnen vergaßen oft, auf solche Feinheiten zu achten, wenn ich einmal beim Vortragen loslegte. Und meine Begleiterinnen? Sie behielten eh nur einen Teil von dem, was ich an sie weitergab. Dafür aber hatten sie die Daten und Namen am Vortage mitgeschrieben und auswendig gelernt. So konnten wir unsere Leistungen gegenseitig ausgleichen. Nur mussten wir eben höllisch aufpassen, uns bei den konspirativen Treffen nicht erwischen zu lassen, und das verdarb uns ein wenig den Spaß daran.

Leider gab es für mich keine Gelegenheit, meine Defizite im Englischen auf ähnliche Weise wie in Geschichte aufzumöbeln. Hier half einfach nur Lernen, Lernen und nochmals Lernen, doch dazu fehlte mir irgendwie immer die Zeit. Und so hatte ich es mit Miss Naberschulte bald gründlich verdorben und fühlte mich von ihr ständig gepiesackt. War es da ein Wunder, dass ich – ebenso wie einige andere Leidensgenossinnen – in ihrem Unterricht anfing zu stottern? Das legte sich erst, nachdem Miss Naberschulte die Verantwortung als erste Klassenleiterin - die ihr offensichtlich über den Kopf gewachsen war – ganz auf Fräulein Klee übertrug. Seitdem gab sich die alte Miss - plötzlich frei von jedem Druck - geradezu menschlich, und wir alle atmeten auf, zumal sich Fräulein Klee viel umgänglicher zeigte und keine Ängste in uns auslösten. Trotzdem – an manchen Tagen hingen mir unsere Lehrerinnen ebenso wie meine Klassenkameradinnen allesamt einfach nur zum Halse heraus.

Die Stille des Waldes

Undurchdringlich wirkt das Dach des Waldes. Flirrend tasten sich die Strahlen der Morgensonne durch das Geäst, werfen bizarre Muster auf knorrige Stämme und malen die langen Schatten der Bäume auf den sandigen Waldweg, der mich zu meiner geheimen Lichtung führt, zu meinem Refugium, der Bühne für meine Phantasien und Träume. Da liegt sie vor mir, vom Sonnenlicht durchflutet, eingerahmt von den weißen Stämmen der Birken, deren junges Grün im Morgenwind leise erschauert. Weiches Moos und zarte Gräser laden zum Ausruhen ein. Kann ich mir einen besseren Platz wünschen zum Nachdenken, Abschalten, Abstand gewinnen?

Ja, ich will Abstand gewinnen, Abstand von dem ständigen Geplapper der Mitschülerinnen, ihren neugierigen Augen, ihrer aufdringlichen Nähe, ihren kleinen Bosheiten, mit denen sie unsichere Kandidatinnen quälen, um sich selbst wichtig zu machen. Aber auch, wenn sich diese zickigen Biester in harmlose Backfische verwandeln, bin ich froh, ihnen mal entrinnen zu können. Niemand hat mich bemerkt, niemand ist mir begegnet auf meinem Weg zu meinem Versteck, das ganz in der Nähe des Hauses Waldesrast liegt, von dort jedoch nicht einsehbar. Hier bin ich mit mir allein, bin ganz versunken in diese Stille, die mich umgibt. Völlig entspannt liege ich im Gras, lasse mich von der Sonne bescheinen und spüre, wie die Sommersprossen meine Nase kitzeln.

Ach, diese Stille! Sie macht mein Inneres groß und weit, so weit, dass ich darin alles aufnehmen kann, was sonst kaum Beachtung in mir findet. Um mich herum das Wirren und Flirren der kleinen Welt zwischen den Halmen – Käfer, Mücken, Spinnen, Hummeln. Wie ein Dschungel kommt mir das Reich der Krabbeltiere vor: Da kämpfen Ameisen und Marienkäfer um Blattläuse, Schnecken umarmen einander liebevoll und Spinnen wickeln Fliegen ein. Darüber summen die Bienen, flattern die Schmetterlinge, schwirren die goldäugigen Eintagsfliegen von Blüte zu Blüte. Und dann die Vögel, die über mich hinweg fliegen; Wolken aus Federn, die von den Bergen kommen, kleine Vögel, große Vögel, nachtblaue Vögel, Vögel, zart wie Libellen, mächtig wie Adler. Da, ein ganzer Schwarm scheint sich über meinem Kopf zu versammeln. Einer löst sich aus dem Pulk, kommt nah an mich heran. Wird er sich neben mich niederlassen oder gar auf meiner Schulter? Vielleicht, wenn ich still liegen bleibe. Der Heilige Thomas konnte mit den Vögeln sprechen. Ja, warum sollen die Tiere uns nicht verstehen? Also spreche auch ich mit dem Vogel.

„He großer Vogel, „komm, setz dich zu mir, sag doch mal was." Er aber breitet seine Schwingen aus und fliegt davon. Meine Augen folgen ihm, meine Gedanken begeben sich mit ihm auf die Reise. Ich verlasse den abgrundtiefen Rand der Erde und schwinge mich federleicht in die klare Tiefe des Blaus. Ein Vogel bin ich geworden, ein Vogel! Oder täusche ich mich? Bin ich nur der Schatten einer Wolke, die flüchtig über die Lichtung zieht?

Ach, wie liebte ich diese Minuten, die mich anfüllten mit Lachen, Tränen, Träumen! Ich fühlte mich wie ein staunendes Kind, dass man ins Wunderland versetzt hat. Diese Minuten, diese Stunden, die ich allein auf meiner Lichtung liege, alles Schwere, alles Bedrückende vergesse und mich ganz meinen Träumen hingäbe! Ich baue Meter hohe Gedankentürme aus den immer gleichen Bausteinen, reiße sie Stück für Stück wieder ein oder sehe zu, wie sie von selbst in sich zusammenstürzen. Ich spinne mich ein in eine Welt, die, solange ich daran weiterspinne, so real wird, so wirklich. Ich erfinde immer neue Figuren, die sich schon bald verselbstständigen, spiele mit ihnen Theater, schlüpfe in unterschiedliche Rollen, entwickle das Fragment zu einem Märchen, einem Roman, einer Tragödie, lache mit meinen selbst erschaffenen Helden oder weine mit ihnen echte Tränen wie aus eisblauen Perlen. Hier träume ich von magischen Kräften, die sich plötzlich in mir entfalten: Ja, ich werde etwas Großes vollbringen - sagen wir mal, ich werde eine berühmte Schauspielerin, eine echte Künstlerin oder eine ernsthafte Wissenschaftlerin, die eine epochale Erfindung macht, und die Leute werden sagen: Sieh da, sieh da, unsere kleine Eva! Wer hätte das gedacht!

Nach meinen Ausflügen in das Land der Träume fühlte ich mich wieder gestärkt für den Alltag des Lagerlebens mit seinen kleinen Wirrnissen und seinen leidlichen Späßen. Der Geruch der Waldlichtung aber ist mir noch heute gegenwärtig. Frühling und Herbst kamen hier mit einem grandios farbenprächtigen Auftritt - die Sommer waren heißer, glühender, die Winter kälter, weißer als bei uns im Ruhrgebiet. Hier war die Stille stiller, der Schnee glitzernder und die Sterne leuchtender als daheim im Revier. Vor allem aber – hier konnte ich zumindest zeitweise die Gedanken an den Krieg vergessen: die Kämpfe an den Fronten, die Bombennächte in der Heimat, die Trennung von der Familie, den Freunden. Hier, in diesem im bayrischen Land, schienen wir dem Frieden noch nahe zu sein.

Post von Daheim

Hatten wir Heimweh? Müßig, darüber zu spekulieren – wir hatten keine Alternative. Unsere Schule war nun mal nach Bayern verlegt worden. Also, was sollt's? Briefe waren unsere einzige Verbindung zur Familie. Wie sehr fieberten wir täglich der Postverteilung entgegen. Kaum war die Mittagsmahlzeit beendet, da machte sich Unruhe unter uns breit. Die Spannung wuchs. „Werde ich heute Post bekommen?" Nicht jeden Tag zählte man zu den Glücklichen. Umso erwartungsvoller blickten wir nach vorn, wo die BDM-Führerin wie ein aufgeblasener Postillon vor einem unscheinbaren Karton thronte. Mit aufreizend langsamen Bewegungen griff sie hinein, zog den ersten Umschlag heraus und hielt ihn so dicht vor ihre Nase, als wäre sie halbblind. Es dauerte ewig, bis sie den Namen entziffert hatte, der mit blasser Tinte darauf verzeichnet war. „Katharina" krächzte sie dann teilnahmslos, und schon stürzte Katharina nach vorn und nahm mit roten Wangen ihren Brief entgegen.

An ihren Platz zurückgekehrt, öffnete sie ihn eilig und begann gleich, ihn zu lesen. Neugierig blickten ihr die Tischnachbarinnen über die Schulter. Wie üblich wollten auch sie Anteil nehmen an den Zeilen, die die anderer erhielten. Man kommentierte das Geschriebene und tauschte die hin und wieder beigefügten Fotos aus, die das Berichtete oft eindrucksvoll veranschaulichten. Erst die Summe aller Briefe übermittelte uns ja ein nahezu vollständiges Bild von der Heimat, der wir so weit entrückt waren.

Die nächsten Umschläge, die an diesem Tag aus dem Kasten gezogen wurden, waren für Gerda und Margot bestimmt, die mir gegenüber am Tisch saßen. Doch sie freuten sich zu früh. Die Gruppenleiterin verweigerte ihnen die Aushändigung ihrer Post, weil sie während des Essens angeblich zu laut gewesen seien. Betretenes Schweigen in der Runde! Dann wurde mein Name aufgerufen. „Wenn Gerda und Margot ihre Briefe nicht bekommen", sagte ich trotzig, „nehme ich meine Post auch nicht an. Ich bin nämlich ebenso laut gewesen wie sie." Daraufhin wanderten drei Briefe in den Kasten zurück. Erst am folgenden Tag wurden sie wieder daraus hervorgeholt und uns kommentarlos übergeben.

Mein Brief war von Mama! Wie gern hätte ich ihn schon am Vortag in Empfang genommen. Für mich war jede Zeile von zu Haus wie ein golddurchwirkter Faden, der mich mit meinen Lieben verband. Ich lebte jedes Mal auf, wenn ich Mamas Briefe gelesen hatte. Sie strömten so viel Zärtlichkeit aus. Einmal aber erhielt ich von Mama einen Brief, der mich auf seltsame Weise enttäuschte. Die Mama liebt mich nicht mehr, dachte ich. Ich weiß es jetzt ganz genau! Sie liebt mich nicht mehr! Ihr Brief ist so unpersönlich, so als wäre er gar nicht für mich bestimmt, einfach lustlos mit der Schreibmaschine herunter geschrieben. Was soll ich von einem solchen Brief halten? Nein, dachte ich, die Mama liebt mich nicht mehr, und ich hatte das Gefühl, in ein tiefes Loch zu fallen.

Dann aber ermahnte ich mich: lass dich nicht gehen, denke daran, wie einsam sich die Mama fühlen muss, so allein zu Haus - ohne uns Kinder! Und ich sah Mama vor mir, wie sie am Abend müde und abgespannt an der Schreibmaschine saß und die fälligen Rechnungen tippte und sich dann trotz ihrer Müdigkeit noch einmal an die Schreibmaschine setzte, um hintereinander sechs Briefe zu schreiben - an Miriam, die neuerdings von ihrer Danziger Schauspielschule weg irgendwo bei der Reichsbahn an die russische Front dienstverpflichtet worden war, dann an Georg, der inzwischen als Soldat an der französischen Front kämpfte, an Toni, der noch immer auf dem Ley-Hof arbeitete und sich dort unglücklich fühlte, an Anna, die auf einem Bauernhof im Sauerland ihr Landwirtschaftliches Pflichtjahr ableistete, an Hans, der in seiner ehemaligen Klosterschule in Bad Godesberg inzwischen eine Gärtnerlehre machte und an mich, ihr Küken, dass im fernen Bayern saß. Wie hatte ich nur annehmen können, Mama liebte mich nicht mehr? Der nächste Brief von Mama erreichte mich nur wenige Tage später. „Mein Liebling", schrieb sie, „Du fehlst mir sehr. Das Haus ist so schrecklich still und leer, vor allem ohne dich, mein Kleines." Da hatte ich Mühe, meine Tränen zurückzuhalten.

Andere Briefe kamen, nicht nur von Mama, auch von den Geschwistern. Hin und wieder schickte selbst Georg, so schreibfaul er eigentlich war, eine Karte. „Hallo, wie geht`s Dir?" stand da drauf. „Mir geht es gut. Dein Bruder Georg."

Toni, mein Lieblingsbruder, schrieb häufiger - mal zärtlich, mal rüde. Der saftige Wirrwarr seines Briefstils strotzte so manches Mal von den fürchterlichsten Schimpfworten gegen seinen Arbeitgeber, diesen Reichsarbeitsführer Doktor Ley, der wohl der größte Armleuchter auf Gottes Erdboden sei. „Wie der sich immer herumfläzt! Da liegen dann 120 Kilo Lebendgewicht in seinem Sessel; da lümmelt sich dieser Berg von einem Mann bäuchlings über der Tischplatte wie ein müder Bernhardiner, der an seinem Näpfchen geschlabbert hat, und beim Reden bläst er sich so auf, dass die Knöpfe an seiner Weste abzuspringen drohen."

Manchmal waren Tonis Briefe auch gespickt mit gut gemeinten Ratschlägen. Er konnte es einfach nicht lassen, seine kleine Schwester zu belehren. So schrieb er im Sommer 1944: „Mein liebes Pipi-Mädchen! Mensch, wie ich Dich beneide! Was für ein Leben! Du verstehst Dich eben aufs Alleinsein, selbst in einer Gruppe. Und wenn Du eine Stunde auf Deiner Waldlichtung ins Grüne schaust, hast Du mehr hinter Dir, als andere in Wochen oder gar in Jahren erleben. Ich weiß, Du willst immer das liebe Mädchen sein. Ich gebe ja zu, es ist wirklich verführerisch, gut zu sein, aber man muss auch lernen, der Versuchung zu widerstehen. Ich persönlich übe mich ... nein nicht in purem Egoismus, aber manchmal darin, eben nicht gut zu sein, denn wenn man ständig in der Sorge ist, anderen Kummer zu bereiten, dann steckt da viel Feigheit drin. Also, sei nicht immer das brave Mädchen, das nur an andere denkt. Fordere auch mal was für Dich."

Uff! dachte ich. Mein großer Bruder hat gesprochen, Aber er hat gut reden, er konnte immer schon fordern und mit dem Kopf durch die Wand gehen. Ich nicht! Wie sollte ich das jetzt auf einmal können? Sollte ich etwa der Mama schreiben: Du, ich brauche unbedingt ein paar neue Klamotten? Die Mama hatte schon Sorgen genug; da wollte ich sie nicht noch mit so was belästigen. Doch komisch, obwohl ich Mama nichts von meinen Wünschen geschrieben hatte, kam plötzlich ein Paket mit neuen Kleidern an. Na ja, so ganz neu waren sie natürlich nicht. Sie stammten von Anna, die aus ihnen herausgewachsen war. Mir allerdings waren sie noch etwas zu groß, vor allem oben herum. Da hatte ich weiß Gott bisher nicht viel vorzuweisen. Aber vielleicht hat die Mama gedacht, das könne sich bald ändern und hat vorsichtshalber sogar einen BH –in Größe1 dazu gelegt. Woher wusste sie, dass mein Busen tatsächlich inzwischen anfing zu sprießen? Sie hat mich doch seit fast zwei Jahren nicht mehr gesehen. Ach so, die Frau Stankowitz, die nette Nachbarin, die in unserem Haus als Mieterin direkt über uns wohnt, die hat der Mama erzählt, dass ihre Tochter kein kleines Mädchen mehr sei. Sie hat mich ja kürzlich im Lager besucht, als sie auf der Durchreise zu ihren Kindern war, die nicht weit von hier auf einem Bauernhof untergebracht sind. Fand ich ja furchtbar lieb von ihr, dass sie den Umweg über Bad Heilbrunn gemacht und dabei noch ein großes Fresspaket von Mama mitgeschleppt hat. Ja, auf unsere alten Nachbarn war eigentlich immer Verlass.

Tadle nie die Briefe der Soldaten

Immer noch waren die Briefe von daheim für meine Mitschülerinnen und mich die die wichtigste Verbindung zu unserem früheren Leben in der Heimat. Und so nahm auch weiterhin jeder Teil an der Korrespondenz der anderen. Als ich aber bereits zum wievielten Mal bei der Postverteilung mit einem grauen Umschlag an meinen Tisch zurückkehrte, riefen meine Freundinnen aufgeregt: „Habt ihr gesehen? Die Eva hat schon wieder einen Feldpostbrief bekommen!"

Ja, ich war die einzige in unserer Gruppe, die Post von einem unbekannten Soldaten erhielt. Doch was war aus der Brieffreundschaft mit dem jungen Matrosen geworden, dem ich anfangs so begeistert geschrieben habe? Als Frau Binroth, eine Freundin von Mama, mich vor unserer Abreise nach Bayern bat, hin und wieder ihrem Neffen Daniel zu schreiben, der bei der Kriegsmarine diene, da dachte ich, ja, warum nicht jemanden eine Freude bereiten, der als Matrose für unser Vaterland kämpft?

Also schickte ich ihm einen ersten Brief, in dem ich ihm mitteilte, dass ich dreizehn Jahre alt sei, und dass ich zurzeit mit vielen anderen in einem Schullager in Bayern lebe. Später schrieb ich Daniel auch, über was ich in letzter Zeit so nachdächte, zum Beispiel, warum wir auf der Welt sind. „Ich bin nicht gerade religiös", schrieb ich, „finde aber, dass alles seinen bestimmten Sinn hat und das Leben nicht zwecklos ist. Wenn man stirbt, dann passiert doch was mit der Seele, meinst Du nicht auch?

Daniel schrieb gleich zurück, doch auf das Sterben ging er nicht ein. Er hätte eigentlich schon immer Seemann werden wollen, erfuhr ich dabei. Nun sei er tatsächlich bei der Marine gelandet, aber nicht auf einem romantischen Segelboot, sondern auf einem Zerstörer. „Als Hauptbootsmann", schrieb er, „bin ich für die Maschinen mit ihrem Gewirr aus Handrädern, Leitungen und Anzeigen verantwortlich, und trotz des großen

Lärms höre ich am Klang, ob es den Maschinen gut geht. Kaputte Teile auswechseln? Wie denn? Wo die Ersatzteile hernehmen? Wo lagern? Da heißt es, kreativ sein und irgendwie improvisieren. Das macht mir Spaß. Doch um auch die Kanonen zu bedienen und andere Schiffe damit zu versenken, also dazu fühle ich mich eigentlich noch zu jung und weiß Gott auch nicht hart genug. Wer aber fragt im Krieg schon danach, ob man das möchte oder nicht?"

Aus seinen Zeilen spürte ich einen Hauch von Wehmut über den Ozean zu mir herüber wehen, und ich hatte Mitleid mit diesem jungen Matrosen. Also schrieb ich ihm aufmunternde Briefe. Seine Antworten ließen nie lange auf sich warten; sie wurden immer sehnsüchtiger, immer zärtlicher. „Wenn ich nachts in meiner Koje liege", schrieb er bereits in seinem dritten Brief, „dann träume ich von dir", und bald darauf gestand er mir, dass er mich heiß und innig liebe.

Ich war verwirrt. Gleichzeitig war ich gefangen in einer Gruppe von Mädchen, die in einer Mischung aus Eifersucht und Spott unseren Briefwechsel verfolgten. „Was denkt dieser Bursche sich eigentlich? Faselt was von Liebe. Dabei kennt er dich doch kaum. Weiß er denn nicht, wie alt du bist? Also dem solltest du wirklich mal den Marsch blasen!" So angestachelt, habe ich mich irgendwann hingesetzt und zu Papier gebracht, was man mir ins Ohr setzte:

„Für *so etwas*", schrieb ich ihm, „bin ich ja wohl noch zu jung, und im übrigen wäre ich mir auch zu schade für eine Liebe mit einem Mann, der so viel älter ist als ich. Und ich bitte dich deshalb, mir in Zukunft nicht mehr zu schreiben."

Als dieser Brief dann im Postkasten lag, da fühlten wir – meine Kameradinnen und ich - uns richtig stark, hatten wir's doch mal einem gegeben, einem dieser armseligen Männer, die es auf unschuldige kleine Mädchen abgesehen hatten. Und das schmiedete uns zusammen wie Komplizen. Kurz darauf aber hielt ich wieder einen Brief von ihm in den Händen. Was mochte darin stehen? Beklommen öffnete ich den Umschlag. Die Antwort - mit zittrigen Buchstaben auf grauem Feldpostpapier geschrieben - traf mich wie ein Keulenschlag mitten ins Herz:

„Tadle nie die Briefe der Soldaten,
lass sie herzen, lass sie küssen
wer weiß, wann sie sterben müssen."

Wie oft hatte ich mir von da an vorgenommen, meinen unseligen Brief wieder gutzumachen, zu erklären: „Hör mal, Daniel, so habe ich das nicht gemeint. Es tut mir so leid!" Doch diese Zeilen – hundertmal in Gedanken formuliert – ich habe sie nie geschrieben! Drei Monate waren danach vergangen, da erhielt ich einen Brief von seiner Tante. Darin teilte sie mir mit, dass ihr Neffe während eines Seegefechts mit brennendem Öl übergossen worden sei.

„Ach, mein armer Daniel", fügte sie dazu, „er brannte wie eine Fackel, und so, wie eine leuchtende Laterne, ist er über die Reling gestürzt. Dabei hat das Meer nicht nur die Flammen an seinem Körper, sondern auch sein junges Leben ausgelöscht."

Bombennächte im Revier

Im Winter '44 erhielt ich einen längeren Brief von meiner Schwester Anna.

„Hallo, Eva", schrieb sie, „Du weißt ja, dass ich jetzt wieder zu Hause bin bei Mama. Aber weißt Du auch, was ich inzwischen hier so treibe? Also, von morgens bis abends setze ich Fensterscheiben ein, jeden Tag aufs Neue. Dabei wate ich knöcheltief in Scherben. Meine Ausbildung zur Landwirtschaftsassistentin - was für ein hochtrabender Titel - habe ich abgebrochen, um Mama im Betrieb zu helfen. Sie ist ja fast allein, hat nur noch den Altgesellen Wallner, der keine große Stütze mehr ist. Natürlich, der Papa fehlt ihr, und Georg kann ihr auch nicht mehr helfen. Wie du weißt, hat man ihn inzwischen doch noch eingezogen ohne Rücksicht darauf, dass er nach Papas Tod für den elterlichen Handwerksbetrieb eigentlich unabkömmlich ist. Wenn er nur heil aus dem Krieg zurückkehren wird!

Sei froh, Eva, dass du jetzt in Bayern bist, wo keine Bomben fallen. Hier im Ruhrgebiet haben wir inzwischen fast jede Nacht Alarm. Und Tag für Tag sind neue Fensterscheiben einzusetzen. Da geht es zu wie am Fließband. Morgens in aller Frühe ziehe ich los zum Kohlenhändler Reker. Der besitzt noch ein Pferd, das schon recht alt und klapperig ist. Ich leihe es mir aus, spanne es vor unseren breiten Lastschlitten, der seit Ewigkeiten ungenutzt oben in der Werkstatt rum gestanden hat und fahre damit nach Rotthausen zur Glasfabrik Delog. In diesem Winter gibt's ja ne Menge Schnee, da ist der Schlitten genau das richtige Gefährt. Vier Kisten Glas werden dann aufgeladen, und wenn ich zurückkomme, stehen schon die zehn französischen Kriegsgefangene, die man uns zugeteilt hat, bereit, von denen neun mit einem Teil des Glases durch die Ückendorfer Straßen ziehen, um gleich vor Ort die zu Bruch gegangenen Scheiben zu ersetzen. Der deutsche Wachmann aber bleibt hier, um zuzuschauen, wie der zehnte Franzose – ein freundlicher, nicht mehr ganz junger Mann – zusammen mit mir und dem ollen Wagner in Akkordzeit die Scheiben bei uns vor Ort repariert.

Die Leute stehen ja schon Schlange auf unserem Hof und haben ihre Rahmen gleich mitgebracht. Wir schlagen mit einem Hammer die noch darin steckenden Scherben heraus, heben eine Glasscheibe aus dem Kasten, halten sie über den Rahmen, ziehen mit dem Glasschneider freihändig die entsprechende Größe aus, und schon fällt das Stück passgerecht in den entsprechenden Ausschnitt. Mit ein paar Nägeln werden kleine Holzstückchen dagegen befestigt – Kitt gibt es ja nicht mehr in diesen Zeiten – und schon hält die Scheibe bis zum nächsten Angriff. Also, ich glaube, in keinem anderen unserer Stadtteile werden zerborstene Fensterscheiben so schnell ersetzt wie bei uns. Und trotzdem gibt es manchmal Unzufriedene.

Ja, denk dir nur, da kam doch neulich der Pastor Plümpe zur Mama und beklagte sich, dass unsere Franzosen, während sie in seinem Pfarrhaus neue Fensterscheiben einsetzten, jede Menge Cognac und Zigarren geklaut hätten. Die Mama hat nur gelacht! Wenn der Herr Pastor so was frei bei sich herum stehen hat, brauche er sich doch nicht wundern, dass es ein paar arme Gefangene zum Diebstahl reizt. Trotzdem, sicherheitshalber informierte Mama den Wachposten, der aber gleich verkündete, *seine* Männer hätten den Diebstahl ganz sicher nicht begangen. Vielleicht bekommt er ja von den Gefangenen etwas ab. Sie bringen ja auch oft echten Bohnenkaffee mit, den sie beim gemeinsamen Frühstück mit uns und mit ihrem Wachmann teilen. Als Kriegsgefangene bekommen sie so hin und wieder auch mal Päckchen vom Roten Kreuz und haben dadurch so manches mehr als wir, was ihnen aber durchaus zu gönnen ist. Und gestern hat der Wachmann auch mitbekommen, dass einer seiner Männer aus einem Stadtviertel kam, wo er gar nicht eingeteilt war. „Och", hätte er da gemeint, „ganz altes Mütterchen, Scheibe kaputt, ich reparieren!" Na, es dürfte wohl eher eine hübsche junge Frau gewesen sein. Ja, Schwesterlein, so ist das Leben. Selbst im Krieg gibt es Geschichten, die uns schmunzeln lassen.

Graf Luckner, der „Seeteufel"

Endlich geschafft! Die letzten Kohlen sind im Keller verstaut. Das war keine Kleinigkeit. Den ganzen Vormittag über hatten meine Mitschülerinnen mit allen verfügbaren Eimern den frisch angelieferten Koks quer über den Hof zu unserem Wohnhaus geschleppt und durch die geöffnete Luke in die Tiefe des Kohlenkellers geschüttet. Doch irgendwann staute sich die schwarze Fracht unter der Luke und irgendwer wurde gebraucht, der sie innerhalb des Kellerraumes so verteilte, dass auch das letzte Kohlenstäubchen darin noch seinen Platz fand. Ich hatte mich freiwillig für diese Aufgabe gemeldet und versuchte verbissen, mit Hilfe eines Rechens Ordnung in das Chaos zu bringen. Als der Berg bereits so angewachsen war, dass ich mich nur noch wie eine Kellerassel dicht unter der Decke bewegen konnte, kam endlich der erlösende Ruf: „So, Eva, das war der Rest. Nun kannst du aus deinem Loch wieder heraus kommen. Und denk dran, gleich gibt's Mittagessen."

Mit schmerzenden Gliedern robbte ich rückwärts dem Ausgang entgegen und verließ erleichtert das dunkle Verlies. Jetzt erst mal die dreckigen Klamotten ausziehen und die geschwärzte Haut von den Zeichen meiner unterirdischen Wühlarbeit befreien! Herrgott! Wie sah ich nur aus! Jede Pore schien Kohlenstaub aufgesaugt zu haben. Leider gab's im Haus kein Badezimmer, nicht einmal Duschen, so musste ich mich mit dem kleinen Waschbecken in unserem Vierbett-Schlafraum begnügen. Ich hielt meinen Kopf unter den Wasserhahn und ließ das eiskalte Wasser über meine Haare laufen. Es tropfte auf beide Schultern, rann den Rücken herunter, an den Beinen entlang und sammelte sich in einer kleinen Pfütze auf dem Boden. Doch selbst nach gründlicher Reinigung mit viel Seifenschaum blieb ein Rest des Kohlenstaubs an meinen Lidern haften und ließ das Weiß meiner Augen strahlender aufleuchten als sonst. Nun sah ich wahrhaftig aus wie ein echter Kumpel, der eben von der Maloche aus dem Pütt kam. In diesem Moment fühlte ich mich den Bergleuten in der Heimat wie eine Schwester verbunden und wohl auch ebenso hungrig wie diese nach ihrer

Schicht. Als Lohn für das Kohlen Einscheppen sollte es heute ja Kaiserschmarren geben. Darauf freute ich mich schon mächtig. Hoffentlich hatten mir die anderen noch etwas übrig gelassen! Ganz sicher konnte ich da nicht sein, die Bande war ja immer so verfressen! Ein wenig beunruhigt war ich schon, und deshalb machte ich mich schnellstens auf den Weg zum Speiseraum.

„Doa bischte ja endlich", rief mir in diesem Moment Frau Specker zu. „Woat amal, Madl, isch hab dir an Scharrn warm ghalten. Wirscht hungrig worden sein bei de viele Plackerei, gelle?" Und damit zog mich unsere Hausmutter - die so rund und gemütlich war wie ein bayrisches Bierfass - in ihre geheiligte Küche und servierte mir eine riesige Portion des allerfeinsten Kaiserschmarrens mit viel Äpfeln, Rosinen und Zimt darauf. Eigentlich hätte ich ja ahnen müssen, dass die gute Frau mich nicht leer ausgehen lassen würde, denn aus einem mir unerfindlichen Grund hatte sie einen Narren an mir gefressen. Doch nicht genug damit, dass sie mir an diesem Tag das Essen höchstpersönlich servierte! Nein, sie lud mich anschließend sogar zum Kaffeetrinken in ihre Privatgemächer ein. Donnerwetter, wie kam ich denn zu dieser Ehre?

„Jo weischt, Madl", klärte mich Frau Specker auf, „mir habe da a Gascht zu Besuch, der die näschte Zeit bei uns bleibe wird. Dem habe isch von dir erzählt, also, dasch du immer so helfe tuscht. Un nu möscht er disch mal gern kennelerne."

Jo mei, hatte ich recht gehört oder träumte ich? Die gute Stube der Speckers ist für uns „Lagerkindern" doch sonst absolut tabu! Nun sollte ich gar ihrem Gast beim Kaffeeklatsch Gesellschaft leisten? Hatte ich das tatsächlich meinem Kohleneinsatz zu verdanken oder mehr der Laune des geheimnisvollen Besuchers? Wer mochte der Unbekannte wohl sein?

Als ich klopfenden Herzens die Tür zum Allerheiligsten öffnete, fiel mein Blick auf einen Mann, der den ganzen Raum einzunehmen schien. Groß war er, riesig groß und kräftig, und -

obwohl ich ihn noch nie zuvor gesehen hatte - kam er mir irgendwie vertraut vor. War es seine stattliche Gestalt, die mich an Papa erinnerte, die Kantigkeit seiner Züge? Waren es die riesigen Hände, die so aussahen, als könnten sie kräftig zupacken? Die Ruhe, die Gelassenheit, die von ihm ausging? Sollte ich gerade hier in unserem bayrischen Schullager, in das sich nur selten ein männliches Wesen verirrte, einer solchen Vaterfigur begegnen, die mich gleich in ihren Bann zog?

Wie anrührend sein Lächeln war, dieses eigentümliche Lächeln, das langsam in den Mundwinkeln entstand und sich wie ein wanderndes Licht über das ganze Gesicht verbreitete. Ich geriet ganz schön ins Träumen. Wahrscheinlich eine typische Klein-Mädchen-Schwärmerei, dachte ich. So was soll vorkommen in meinem Alter. Aber, verdammt noch mal, dachte ich, der Kerl imponiert mir einfach. Wie er da steht! Die Pfeife im Mund, diese Piep, von der er sich, wie ich später hörte, niemals trennt.

Die Stimme der Wirtin holte mich in die Gegenwart zurück: „Dös, lieber Graf Luckner, ist unser Evchen." Ach, ein Graf ist er? Also, gräflich sieht er eigentlich nicht aus. Ich hätte eher auf Seemann getippt, der sich ordentlich den Wind um die Nase wehen lässt. „Also, dös Evchen", erläutert die Speckerin gerade, „dös ischt das Madl, auf das mer immer zähle könne, wenn was Bsondrs ansteht. Sie will immer Guates tun un helfe. Heuer hats a wieder beim Kohle scheppe de Löweanteil geleischtet."

Das unerwartete Lob – zu Ehren des hohen Gastes von der Inhaberin des Hauses Waldesrast teilweise in gequältem Halbhochdeutsch gesprochen - machte mich verlegen. Als würde ein Bunsenbrenner unter mein Herz gehalten, schoss mir alles Blut in den Kopf. Doch der Graf lächelte mich so aufmunternd an, dass ich meine Scheu verlor. Und als er mir die Hand entgegenstreckte, da fühlte ich mich in seiner Gegenwart richtig geborgen. Sein Händedruck war für mich wie ein Ritterschlag, weil er von einem Menschen kam, der mich sichtbar ernst nahm

- mich, ein kleines Mädchen, das seinen Platz in dieser Gesellschaft noch nicht gefunden hatte und sich in dieser Welt noch recht verloren vorkam.

Ich wusste nur wenig über Graf Luckner, ahnte nichts von seinem Ruhm, den er sich im ersten Weltkrieg als verwegener *Seeteufel* und ritterlicher Gegner bei Freund und Feind erworben hatte. Dabei war Haus Waldesrast voll von Erinnerungsstücken an diesen Seehelden. Im Speisesaal, der jetzt auch unser Klassenzimmer und Aufenthaltsraum war, hingen überall Fotos seines stolzen Segelschiffes. Wir Mädchen aus dem Ruhrgebiet aber hatten diese Fotos kaum zur Kenntnis genommen. Vielleicht hätten sich Jungen eher dafür interessiert, doch wer war für uns schon der *Seeteufel Graf Luckner*, wer? Doch nun hing ich an seinen Lippen, sog jedes seiner Worte auf wie verdurstende Erde, auf die ein lang ersehnter Regen fällt. So menschlich wirkte dieser Mann! Auch beim Reden hielt er seine geliebte Piep im Mund, deren Tabakwolken einen betörenden Duft nach Männlichkeit verströmten und mich wie in einen geheimnisvollen Kokon einhüllten. Und wie konnte ich mich dem Blick seiner hellblauen Seemannsaugen entziehen? Diese Augen schienen alles zu verstehen, was ich hätte sagen wollen. Und dann dieses dunkle Lachen, ja, vor allem dieses Lachen konnte süchtig machen. Und dann diese Stimme – mal tief wie die See und rau wie der Sturm - mal weich wie ein zarter Windhauch über südlichem Meer! Bis an mein Lebensende hätte ich dieser Stimme lauschen mögen. War's ein Wunder, dass ich so ins Schwärmen geriet, wo wir doch hier seit über zwei Jahre völlig abgeschirmt von jeder männlichen Welt waren? Und Graf Luckner schien sich tatsächlich für mich zu interessieren.

„Wie gefällt Dir die Schulzeit?" wollte Luckner von mir wissen. „Ach, Englisch magst du nicht, dafür muss man zu viel pauken? Da hast du Recht! Eine Fremdsprache lernt am besten, wenn man sich hinein begibt in das entsprechende Land, dann erübrigt sich das Pauken." Hatte Luckner etwa vorausgesehen, dass ausgerechnet ich mit meinem miserablen Schulenglisch kurz nach dem Krieg in England eine Ausbildung als Krankenschwester machen würde? Oder hat er mich darin unbewusst bestärkt?

„Weißt du", schmunzelte der Graf, „ich hab's in meiner Schulzeit auch nicht gerade zum Klassenprimus gebracht. Auf der Penne bin ich dreimal hintereinander sitzen geblieben. Das hatte ich vor allem Buffalo Bill zu verdanken. Der zog damals gerade durch die Welt und begeisterte alle Jungen mit seiner sagenhaften Wild-West-Schau. Seine Geschichten verdrehten uns den Kopf. Sag selber, wie hätte ich denn lernen sollen, wenn ich während des Unterrichts ständig von ihm träumte und nachmittags keine Zeit für Schulaufgaben hatte, weil wir ja Indianer spielen mussten? Ich war ein langer Kerl mit Bärenkräften", fuhr er fort. „Wenn das so weiter gegangen wäre, hätte man mich von der Schulbank gleich zum Militär einziehen können. Als ich Dreizehn war und meine Versetzung wieder einmal gefährdet schien, habe ich heimlich Schule und Elternhaus verlassen, um in der weiten Welt nach Buffalo Bill zu suchen. Und ich hatte geschworen, nicht eher heimzukehren, bis ich aus eigener Kraft was erreicht hätte."

Nun, Felix Luckner hat Wort gehalten! Er kehrte erst wieder nach Hause zurück, als er es zu einem eigenen Schiff gebracht hatte. Bevor es aber soweit war, musste er - den Spuren seines Idols folgend - sich als Handlanger auf einem alten Seelenverkäufer bis nach Amerika durchschlagen. Doch wohin Luckner auch kam, Buffalo Bill war schon wieder fort. Also zog auch er weiter durch das Land der unbegrenzten Möglichkeiten, das ihm tatsächlich so manche Chance bot. Er ging bei einem Fakir in die Lehre, arbeitete als *Mann für alles* in einem Zirkus, erregte Aufsehen durch seine Fähigkeit, dicke Telefonbücher mit seinen Händen zerreißen zu können, schlug sich als Boxer durch, heuerte schließlich bei der christlichen Seefahrt an und kletterte dort die Karriereleiter hinauf, bis er Kommandant eines schmucken Segelschiffes wurde. Nur beiläufig erwähnte er, dass er bei seinen Reisen nicht nur Englisch, sondern noch viele andere Sprachen gelernt hatte. Doch von seinen Heldentaten, die er während des ersten Weltkrieges als „Freibeuter der Meere" vollbracht hatte, von Freund und Feind geachtet wegen seiner Ritterlichkeit, davon erzählte der berühmte *Seeteufel* nichts. Dafür rückte er nun die Gegenwart in den Mittelpunkt der Gespräche. Offen sprach Luckner davon, dass er bei seinen zuverlässigen Freunden hier in Haus Waldesrast auf Tauchstation gehen wolle, bis der unselige Krieg vorbei ist und der gottverdammte *Braune Spuk* ein Ende hat. Ja, es war nicht zu überhören, dass dieser überzeugte Pazifist und Weltbürger die Nazis aus tiefster Seele verachtete.

„Ach", warf Frau Specker da ein, „unsre Eva ischt 'ne große Idealischtin. Die glaubts immer noch an den *Führer* und sein *Tausendjähriges Reisch*".

Ich war verunsichert, hin und her gerissen! Musste ich meinen *Glauben* verteidigen, ihn revidieren? Hatte ich bisher in meinen Anschauungen falsch gelegen? Wie wird Luckner darüber denken? Wird er entsetzt sein? Aber nein! Er sah mich verständnisvoll an. „Früher, Eva, da war auch ich ein leichtgläubiger Idealist. Habe ich in jungen Jahren nicht auch kritiklos für die Helden des Wilden Westens geschwärmt? Wer weiß, wenn es damals schon einen *Führer* gegeben hätte, vielleicht wäre auch ich darauf reingefallen. Doch als Hitler kam, hatte ich bereits so viel von der Welt gesehen und in so vielen Ländern Freundschaften geschlossen, dass ich immun war gegen die Menschen verachtende Ideologie der Nazis und deren widerlicher Propaganda. Worte und Sprache sind vor allem in den Händen der Nazis manipulierende Mittel der Macht. Ich denke, Eva, du wirst bald selbst dahinter kommen, wie sehr man deine jugendliche Begeisterungsfähigkeit missbraucht hat."

Ich spürte, dieser Mann hatte etwas zu sagen! Seine Worte reflektierten den Alltag in Nazideutschland mit wachem Verstand. Als ich an diesem Abend im Bett lag, ging mir alles wieder und wieder durch den Kopf - der Tag, der hinter mir lag, der Tag, der vor mir lag, die nächsten Tage, die kommen würden.

Und mein Glaube an den Führer geriet dabei vollends ins Wanken. Zu nachhaltig hatte der *Seeteufel* mein bisheriges Weltbild auf den Kopf gestellt.

Viele Jahre nach dieser Begegnung sollte ich Graf Luckner noch einmal wieder sehen. Er war inzwischen zu einem Weltreisenden geworden, der überall, wo er hinkam, für Freundschaft unter den Völkern warb, bei unseren früheren Feinden ebenso, wie im eigenen Land. So kam er auch – es muss etwa 1964 gewesen sein - nach Wattenscheid, wo ich inzwischen mit meiner Familie wohnte. Nachdem ich dort seinen Vortag gehört hatte, bat ich ihn um ein Autogramm in seinem Buch „Der Seeteufel". Und tatsächlich, er hat in mir noch das kleine Mädchen wieder erkannt hat, dem er Anfang 1945 in Bad Heilbrunn begegnet war.

Morsen für Deutschland

Nun hatte mein Bruder Toni es tatsächlich wahr gemacht - er hat sich Ende 1944 noch freiwillig zur Wehrmacht gemeldet. Dabei war er gerade erst siebzehn Jahre alt geworden. Dieser Hitzkopf – er hatte wohl geglaubt, ohne ihn wäre das Vaterland verloren. Und natürlich musste es die Waffen-SS sein, diese vermeintliche Elite-Truppe, die – wie es bei der Hitlerjugend immer hieß – mehr als jede andere für Ruhm und Ehre stehen würde. Ein Freund von ihm, der bereits bei der SS diente, vertraute ihm an, dass er sich wünsche, bald an der Front zu fallen, denn dann würde er als echter Held gefeiert - gestorben fürs Vaterland.

O diese halben Kinder! Sie waren Opfer und Täter zugleich - unfähig, die verlogenen Parolen vom *„ehrenvollen Heldentod"* zu durchschauen. Dabei war die Zeit der groß angekündigten Siege längst vorbei – an allen Fronten war die deutsche Armee auf dem Rückzug. Der Krieg taumelte seinem Ende entgegen. Er war kein mitreißendes Feuerwerk mehr wie am Anfang – von Fackelzügen entfacht und von brausender Musik genährt – er war nur noch ein trübes Schwelen, ein schwindsüchtiges und zugleich tückisches Dahinsterben. Um die Bevölkerung weiter zu mobilisieren, griff Göbbels – das Jahr 1943 war inzwischen angebrochen - zu einem letzten radikalen Mittel. **„Wollt ihr den totalen Krieg?"** rief der Propagandaminister einer entfesselt wirkenden Menge zu. **„Jaaa!"** schrie die Menge zurück. Und sie bekam ihn.

Selbst bis zum Ende dieses unseligen Krieges glaubten gerade die jungen Pimpfe diesem großen Schreihals, der ihnen immer und immer wieder den Glauben an einem großartigen Sieg fürs Vaterland in Kopf und Herz hinein hämmerte.

O dieser Goebbels! Diese kleine, mickrige Gestalt! Dieses krankhaft bleiche Gesicht! Irgendwas an ihm wirkte merkwürdig gefährlich, geradezu luziferisch. Später - nach dem Krieg – habe ich einen Mann getroffen, der ähnlich aussah, auch diese

Gesichtshaut - ganz hell, ganz dünn, ganz porös, scheinbar ohne Blut; und dann die Augen – tief in den Höhlen, mit demselben fanatischem Blick. Mich überlief eine Gänsehaut bei der Erinnerung daran, welche Macht ein Mann mit dieser dämonischen Ausstrahlung über eine ganze Generation ausgeübt hat. Damals aber waren weder Toni, noch ich, noch Tausende anderer Deutsche in der Lage, sie zu durchschauen oder sich ihr gar zu widersetzen.

Da wurden selbst kurz vor Kriegsende noch fünfzehn-, sechzehnjährige Hitlerjungen ohne jede Ausbildung, mit hungrigen Mägen, in viel zu langen Mänteln und überlangen Beutegewehren in den Tod geschickt. Toni aber hatte Glück, auch wenn er es erst im Nachhinein zu würdigen wusste. Er musste nicht an die Front, musste nicht kämpfen, musste nicht auf fremde Menschen schießen. Er wurde als Funker ausgebildet und mit seiner Nachrichtenabteilung nach Bad Tölz verlegt, ganz in der Nähe meines Schullagers. Ich hatte gerade meinen fünfzehnten Geburtstag hinter mir, als sein Brief mit dieser Mitteilung in Heilbrunn eintraf. „Wenn du willst" schlug Toni mir vor, „kannst du mich ja am nächsten Wochenende hier besuchen."

Am folgenden Sonntag also, da stand ich vor dem Spiegel und betrachtete kritisch meine Figur. Na ja, schlank bin ich schon, dachte ich, aber vielleicht zu schlank. Oben herum zeigt sich immer noch kaum etwas, nur ein kleiner Knospenansatz, der nicht ausreichte, um das üppig zugeschnittene Busenteil von Annas abgelegtem Kleid auszufüllen. Mein Gott, es wird langsam Zeit, dass ich... Sollte ich vielleicht...? Ach nee, lieber nicht. Wenn ich mir da oben Socken rein stecke, und die rutschen plötzlich runter, dann wirkt das doch sehr peinlich. Schließlich werde ich in Bad Tölz ja nicht nur Toni, sondern gleich einer ganzen Kompanie Soldaten gegenüberstehen. Die würden dann brüllen vor Lachen.

Fräulein Naberschulte, unsere altehrwürdige Lehrerin, hatte sich zunächst gesperrt, mir dann aber doch gnädigerweise erlaubt, dass ich meinen Bruder aufsuchen dürfe. Bevor ich loszog, musterte auch sie mich kritisch, schwieg dabei jedoch vielsagend. Mir wurde bewusst, wie unvorteilhaft ich in meinem viel zu groß geratenem Kleid wirkte, das zudem zu bunt war für mein ernstes Kinder-Gesicht. Auch hatte ich noch nicht gelernt, mit meinen mageren Gliedern gewandt umzugehen. Beim Laufen schlurfte ich immer herum wie ein Kind und hatte ständig Staub auf den Schuhen. Unter Miss Naberschultes kritischem Blick kam ich mir richtig hässlich vor. Doch sollte ich mir von ihr die Freude auf das Wiedersehen mit meinem Bruder verderben lassen? Ach Quatsch, dachte ich, die alte Hexe, die kann mich mal!

Ich rannte los, um den nächsten Bus zu erreichen. In Bad Tölz angekommen, hatte ich noch einen langen Fußmarsch vor mir. Die Nachrichten-Kompanie befand sich nämlich außerhalb des Ortes. Ihr Lager war über ein riesiges Areal verteilt. Ein junger Soldat führte mich anzüglich grinsend zu dem Zelt, in dem Toni als Funker seinen Dienst verrichtete; er hatte mir wohl nicht geglaubt, dass der Gesuchte tatsächlich *nur* mein Bruder sei. Als ich durch die Zeltöffnung eintrat, schlug Toni gerade rhythmisch auf ein Morsegerät ein: *„di-dit - di-da-di-dit – di-dit"* mal kurz, mal lang, mal kurz. Ich schaute fasziniert zu, bis er seine Nachrichtenübermittlung beendet hatte. Da endlich lächelte er mir verhalten zu. Im Beisein seiner neugierig dreinblickenden Kameraden wagte er nicht, mich in den Arm zunehmen. Doch bald verloren wir beide unsere Verlegenheit. Seine Kumpane gaben sich kumpelhaft und zerstreuten bei mir dadurch das Gefühl, auf einem Präsentierteller zu stehen.

Zu Tonis Zelt-Trupp gehörten sechs oder acht Mann, die eifrig damit beschäftigt waren, für Deutschland zu morsen. Während einer Sendepause gingen alle vors Zelt und gruppierten sich zum Kartoffelschälen auf einfachen Holzstühlen um einen riesigen Berg mit Kartoffeln und einem mit Wasser gefüllten Eimer.

„Darf ich helfen?" fragte ich zaghaft. „Na klar", antworteten sie, rückten einen Schemel für mich zurecht und reichten mir ein Piddermesser. Tapfer versuchte ich, mit den jungen Burschen um die Wette zu schälen. Dabei geriet ich jedoch hoffnungslos ins Hintertreffen. Hatte ich eine Kartoffel von ihrer Schale befreit, so hatten sie in derselben Zeit bereits zwei oder drei mit lautem Plumps in den Eimer befördert. Was sollten diese Rekruten – oder was immer sie waren – von meinen hausfraulichen Fähigkeiten halten? Ich tröstete mich mit dem Gedanken, dass sie sich zwar im Kartoffelschälen gewitzter zeigten als ich, meine Schalen aber um vieles dünner waren als ihre.

Beim Hantieren mit den Messern sprachen wir von alltäglichen Dingen, alberten rum und machten Scherze. Später fanden Toni und ich aber auch Gelegenheit, miteinander allein zu sein. Dabei kamen wir uns wieder näher, fanden zu der Vertrautheit unserer Kindertage zurück. Doch über das bereits voraussehbare nahende Ende des Krieges, über die Ungewissheit der Zukunft sprachen wir nicht. Ich registrierte nur flüchtig, dass die Soldaten außerhalb des Lagers nicht mehr mit einem zackigen *„Heil-Hitler"* grüßten, sondern mit einem schüchternen *„Grüß Gott"*. Doch ich verbot mir, intensiver darüber nachzudenken, verbot mir, nachzufragen, nachzuhaken, wie diese jungen Menschen, die nur das Kriegshandwerk oder wie hier das Morsen gelernt hatten, sich ihre Zukunft vorstellten, wenn der Krieg – wohl schon bald - zu Ende sein würde. Nach unserem Abschied war mir traurig zumute. Ich fühlte, das Wichtigste zwischen uns war ungesagt geblieben, würde vielleicht für immer ungesagt bleiben.

Nur wenige Tage nach meinem Besuch in der Funkkompanie meines Bruders erreichte unser Lager der Aufruf: „Deutsche Mädchen! Der Führer braucht euch! Werdet Helferinnen beim Nachrichtendienst oder beim Roten-Kreuz." Mehrere Mädel aus meiner Klasse fanden es irgendwie romantisch, mal verwundete Soldaten pflegen zu können und meldeten sich bereitwillig zur Ausbildung beim Roten-Kreuz. Ich aber dachte daran, dass gerade in diesen Tagen mein Bruder an seinen Funk- und Morsegeräten in Bad Tölz saß, und dass es schön wäre, wenn auch ich Funken und Morsen lernen würde. Dann könnten wir beide um die Wette morsen, Morsen für Deutschland.

Ich war jedoch die einzige aus unserem Lager, die sich für diesen Lehrgang interessierte. Schon einen Tag nach der Anmeldung brachte man mich mit einem Kleinbus nach Kochel am See, wo der Kursus stattfinden sollte. Ich hatte erwartet, man würde uns alles von Grund auf beibringen, was es über Funken, Signale setzen und Morsen zu lernen gibt und uns dann ausreichend Zeit zum Einüben geben, bis wir das richtige *di-da-di-did* im Schlaf herunter rattern konnten. Aber nein, man warf uns gleich ins kalte Wasser. Wir sollten möglichst alles an einen Tag erfassen. Als erstes stand das gesamte Morse-Alphabet auf dem Programm - eine Darstellung des ABCs in Form von kombinierten Punkten und Strichen, die mit Hilfe des Morseapparates durch Funk- oder Lichtsignale übermittelt werden.

Wir lernten, für das internationale Notrufzeichen **SOS** die Signale „dreimal kurz, dreimal lang, dreimal kurz" zu setzen. Wir lernten aber auch, dass die Deutung – „*SOS* stünde für „*Save our soul*" nur eine sentimentale Mär wäre. Worauf dieses *SOS* tatsächlich zurückzuführen sei, wussten aber auch unsere schlauen Lehrer nicht zu sagen. Uns aber verlangten sie von Anfang an 'ne ganze Menge ab. Jeder einzelne Buchstabe hatte eine andere Abfolge von Punkten und Strichen. Wie leicht konnte man die durcheinander bringen. Nach einigen Stunden brauste uns allen der Schädel - nichts ging mehr hinein.

Auch unsere Trainer waren bald am Ende ihrer Geduld angekommen. Völlig unbedarften Mädchen einer willkürlich zusammen gewürfelten Gruppe das Morsen beizubringen, hatte sie schier an den Rand der Verzweiflung gebracht. Nach einigen Stunden brachen sie den Unterricht ab und entließen uns in die Küche. Dort wartete eine neue Aufgabe auf uns. Wir sollten Kekse backen als eiserne Ration für die Krieger draußen an der Front. Da wurde Teig angerührt, geknetet, gerollt und in

Rechtecke geschnitten. Die Rechtecke wurden auf Kuchenbleche gelegt, in den Ofen geschoben, wieder herausgeholt und nach dem Abkühlen schön geordnet in rechteckige Blechdosen gepackt. Und während der ganzen Zeit, in der wir den Teig kneteten, rollten, zurechtschnitten und auf die Kuchenbleche drapierten, naschten wir so ausgiebig von der zähen Masse, bis sie uns zum Halse heraushing, so wie uns zuvor die Signale des Morsealphabets zu den Ohren herausgekommen sind.

Während der darauf folgenden Nacht quälten mich fürchterliche Leibschmerzen. Lag es an den Unmengen an Teig, die ich beim Formen der eisernen Rationen verschlungen hatte? Hatte man irgendwelche Giftstoffe in die Kekse hineingearbeitet, um sie haltbarer zu machen, oder war mir ein Zuviel an Natron, mit dem der Teig in die Höhe getrieben werden sollte, auf den Magen geschlagen? Vor lauter Bauchweh habe ich am Tag danach vom Morseunterricht kaum mehr etwas mitbekommen.

Zu unserem Glück jedoch wurde der Lehrgang noch am selben Tag vorzeitig beendet. Vielleicht hatten unsere Trainer eingesehen, dass eine Handvoll schlecht ausgebildeter Funkerinnen den Zusammenbruch der deutschen Wehrmacht auch nicht mehr aufhalten konnten. Vielleicht aber wollten sie nur ihre eigene Haut retten und sich absetzen, bevor es zu spät war. So ist mir vom Morsekursus nur das *di-da-di-did* in Erinnerung geblieben, wobei ich nicht einmal mehr weiß, was *di-da-di-did* eigentlich bedeutet.

Die Amis kommen.

Es war im Frühjahr 1945. Seit zweieinhalb Jahren lebte ich nun schon zusammen mit meinen Mitschülerinnen in diesem bayrischen Schulverlegungslanger im Bad Heilbrunn. Inzwischen setzte dort für uns der dritte Frühling ein. Die Tage wurden wieder länger, die Starre der Bäume löste sich, ihre Stämme schimmerten in zart farbiger Lebendigkeit – hellgrau, blassbraun, lindgrün. Die ersten Veilchen hoben ihre Köpfe der Sonne entgegen. Auch die Menschen blühten auf. Wie friedlich schien die Welt hier noch zu sein. Doch dann kam der Tag, an dem plötzlich die Amis in unsere dörfliche Idylle einrückten. Dieser Tag wird mir unvergesslich bleiben.

Kein Kanonendonner, keine Gewehrsalven hatten sie angekündigt. Sie rollten einfach mit ihren Jeeps und ihren Panzern die Hauptstraße von Bad Heilbrunn entlang. Das Geräusch der dröhnenden Fahrzeuge verursachte uns eine Gänsehaut, erregte in uns leises Bangen, aber auch leises Hoffen. Wir warteten ab, was geschehen würde. Doch nichts geschah. Kein deutscher Widerstand regte sich. Die Menschen waren kriegsmüde, erschöpft.

Zögernd traten wir auf die Straße. Da rollten sie an uns vorbei, die Amis – Weiße, und auch Schwarze, vor denen man uns immer wie vor Menschenfressern gewarnt hatte. Sie lachten breit. Wir lächelten scheu zurück. Einige Kinder aus dem Dorf gingen den Panzern mit weißen Fahnenfetzen entgegen, die sie an abgebrochene Zweige geknotet hatten, und die amerikanischen Soldaten warfen ihnen Kaugummis zu. „How do you do?" riefen einige von uns ihnen voll Stolz auf unsere Englisch-Kenntnisse zu, und sie antworteten mit einem freundlichen „Hello, how are you?"

Wenige Tage später – am 8. Mai 1945 – verkündeten die Rundfunksender, dass Deutschland kapituliert habe. Nirgendwo im Lande gab's einen kollektiven Jubelrausch. Und doch war ein großes Aufatmen spürbar. Der Kampf war zu

Ende. Von jetzt an konnte es nur noch aufwärts gehen. Die Zeit schien uns zunächst ein unerschöpflicher Schatz zu sein. Wir waren plötzlich in unserem Lager zum Nichtstun verdammt. Der Unterricht war zwangsweise eingestellt worden. Die Lehrkräfte sollten ebenso wie die Lehrbücher zunächst entnazifiziert werden. Unsere früher oft wechselnden BDM-Führerinnen – bisher jeweils an einigen Nachmittagsstunden für unsere Freizeitgestaltung zuständig – hatten sich ohne Abschied in alle Himmelsrichtungen verstreut. Wir Schülerinnen aber warteten ab mit eingeschläfertem Bewusstsein, wie ein Patient, der nach zu langer Operation erwacht. Was uns einte, war eine Art Misstrauen gegenüber unseren Lehrpersonen, die noch immer die Verantwortung für uns trugen, sie aber nicht ausübten, sondern sich ebenfalls in den Wartestand begeben hatten; gleichmütig darauf wartend, dass andere die Initiative ergriffen und ihnen neue Ordern gaben. Die amerikanische Militärkommandantur regierte für uns unsichtbar aus der Mitte des Städtchens, ohne dass wir je wieder einen Ami zu Gesicht bekamen.

Einmal nur - ein einziges Mal - mischte sich die amerikanische Besatzung in den Dämmerschlaf ein, in dem unser Lager verfallen schien, und riss uns erbarmungslos aus unserer Lethargie. Auf ihre Anordnung hin wurden alle Klassen unserer Schule im Saal einer Dorfkneipe zusammen getrommelt. Jemand hielt eine kurze Rede, von der ich kein Wort verstand. Dann führte man uns einen Film vor - einen Film über die Befreiung eines Konzentrationslagers durch die rote Armee im Januar 1945.

Wir sahen Bilder aus dem Vernichtungslager Auschwitz. Oder war es Birkenau? Da bin ich mir nicht mehr sicher. Es kann auch sein, dass beide Lager zusammen gehörten. Die Aufnahmen aber, die wir zu Gesicht bekamen, haben sich für immer in meinem Gedächtnis eingegraben. Wir sahen Stacheldraht, Baracken, Latrinen, Gaskammern, Schornsteine; Räume voller Haare, grau, stumpf, verfilzt; Räume voller Schuhe, Prothesen, Brillen. Jedes Paar Schuhe ein Mensch, jede Brille ein Gesicht.

Wir sahen Bilder von Häftlingen - ausgemergelte, nackte Gestalten, die den Befreiern entgegen taumelten, Männer, Frauen, selbst Kinder darunter - Kinder in unserem Alter - mit riesigen Augen in eingefallenen Gesichtern. Wir sahen Berge von Leichen, in Gräben einfach übereinander geschichtet, Leichen, die man noch nicht verbrannt hatte. Ein Arm, der herausragte! Eine Hand, die zum Himmel zeigte!

Diese Grauen! Unfassbar! Ich konnte nicht mehr hinschauen. Tränen liefen mir übers Gesicht. Meine Seele schrie, schrie wie die Münder der Opfer, die am Gas erstickt waren, schrie vor Entsetzen, vor Scham, vor Mitgefühl. Was hatte man diesen Menschen angetan? Warum? Warum bloß? Nur weil sie Juden waren?

Da hatte man uns Kinder und Jugendliche zum Schutz vor Bombenangriffen aus dem Ruhrgebiet in ein bayrisches Schullager evakuiert, während zur gleichen Zeit jüdische Kinder mit ihren Familien in Viehwaggons nach Birkenau transportiert wurden. Nach Buchenwald! Nach Auschwitz. Nach Theresienstadt! Nach Belsen! In den Tod! Ins Verderben!

Als der Film zu Ende war, stürzte ich schweißgebadet aus dem Haus. Wie sollte ich jemals mit diesem Albtraum fertig werden? Wie sollten *wir* damit fertig werden? Mit diesem Wahn? Alles, woran wir geglaubt haben, glauben sollten, glauben mussten, war plötzlich zusammengebrochen, stellte sich als diabolisches Lügengespinst heraus. Wir hatten nur die guten Seiten *der Bilder* gesehen, die man uns vorgehalten hatte und nicht das Böse, dass sich dahinter verbarg - den Hass, die Gewalt, die Barbarei.

Mussten erst die Amis kommen, um uns die Augen zu öffnen?
Das weiche Polster unserer Leichtgläubigkeit, es ist zerplatzt wie eine Seifenblase!

Rückkehr ins Revier

Nach der Filmvorführung über die KZ-Befreiung bekamen wir von den *Besatzern* nicht mehr viel mit. Wir waren frei und doch nicht frei, denn wir erhielten keine Genehmigung, in unsere Heimat zurückzukehren. Ohne einen Passierschein durfte man den Ort nicht verlassen. Erst recht nicht durfte man ohne Genehmigung von der amerikanischen in die englische Besatzungszone – in der unsere Heimatstadt Gelsenkirchen lag – überwechseln. Wir schienen in einem luftleeren Raum zu leben. Kein Brief von zu Hause, keine Nachricht, kein Telefonanruf kam mehr zu uns durch. So lebten wir einfach in den Tag hinein. Der Mai 1945 war besonders warm. Wir verbrachten die meiste Zeit in der Frühlingssonne vor dem Haus. Meine Gefährtinnen entdeckten ihre Leidenschaft fürs Stricken. Sie ribbelten alte Wollsachen auf, strickten daraus neue Pullis und wetteiferten dabei um die schönsten Strickmuster. Ich konnte dem Stricken nichts abgewinnen, raffte mich nur dazu auf, für andere die Wolle aufzuwickeln. Die meiste Zeit aber saß ich müßig herum, eine leichte Beute sinnloser Grübeleien: Nach Hause gehen? Wieso, wozu?

Bin ich jetzt nicht hier zu Hause? Nein, nein! Das ist ja der Grund allen Elends. Ich will heim, einfach nur heim! Was sollen wir noch hier? Der Krieg ist doch nun vorbei. Ich bin so unruhig, weiß nicht, was zu Hause los ist. Es kommt ja seit Wochen keine Post mehr durch. Steht unser Haus noch? Ist Mama gesund? Kann sie den Malerbetrieb weiter führen? Und wie geht es meinen Brüdern? Haben sie den Krieg überlebt? Sind sie in Gefangenschaft geraten? So viele Fragen, auf die ich keine Antwort bekomme.

Eigentlich jedoch ging es uns noch recht gut. Wir bekamen täglich unsere Mahlzeiten vorgesetzt, wenn auch nicht mehr so üppig wie früher. Manchmal gab's nur Brennnessel-Spinat oder Salat aus Löwenzahnblättern, die wir vorher auf den Wiesen gesammelt hatten. Die Lebensmittelgeschäfte waren ja gegen Ende des Krieges fast alle geplündert worden, so dass es kaum was zu kaufen gab. Unseren Lehrerinnen aber wurde weiterhin ihr Frühstück mit Bohnenkaffee, Brötchen, Butter und Marmelade auf einem silbernen Tablett serviert, während wir Schülerinnen uns mit zwei Scheiben trockenem Brot zu grauem Kaffeeprütt begnügen durften. Doch wirklich hungern, nein, hungern mussten wir nicht. Im Westen dagegen – hörten wir gerüchteweise - sei Hungertyphus ausgebrochen. Das beunruhigte uns wahnsinnig. Von da an opferten wir jeder täglich eine Scheibe unseres Frühstücksbrotes, die wir - in kleine Würfel geschnitten - auf der Balkonbrüstung des Hauses von der Sonne trocknen ließen, um sie als eiserne Ration für unsere Lieben daheim zu sammeln.

Einmal kam tatsächlich ein Brief an eine unserer Mitschülerinnen durch. Darin teilte der Vater ihr mit, dass die Arbeit im Revier wieder weiter ginge. Aber es herrsche völliges Chaos - keine Waggons, keine Lokführer, keine Bergleute, um die kostbare Kohle aus der Erde zu holen, klagte er. Und irgendwann hat dieser Vater es sogar geschafft, sich bis zu uns durchzuschlagen. „Ja", sagte er, bevor er sich mit seiner Tochter auf den Heimweg machte, „im Revier ist viel zerstört, muss vieles wieder aufgebaut werden, doch eine Hungersnot, nein, die gibt es dort nicht. Glaubt mir, die Leute im Revier haben mehr zu essen als ihr." Da fielen wir noch am gleichen Tag über unsere Brotbeutel her und aßen ihren Inhalt bis zum letzten Krümel auf. Kein Wunder, dass wir von dem harten Zeug dicke Blasen unterm Gaumen bekamen. Der Wunsch aber, nach Hause zu kommen, wurde von nun an immer größer. Der Schulrektor jedoch vertröstete uns von Woche zu Woche. Er berief sich darauf, dass die amerikanische Kommandantur noch kein grünes Licht für unsere Rückkehr geben würde. Erst müsse sich die Lage in Westdeutschland stabilisieren. Er werde jedoch am Ball bleiben.

Ich war todunglücklich, wühlte mich hinein in meinen Jammer wie in ein dunkles Loch, schmiedete Pläne, verwarf sie sogleich wieder. Nichts! Keine Lösung in Sicht! Nachts wälzte ich mich schlaflos in meinem Bett herum. Die Lehrkräfte, dachte ich, die wollen einfach nicht, dass wir nach Hause kommen! Denen geht's doch gut hier. Sie brauchen keinen Unterricht mehr geben, werden von vorne bis hinten bedient und bekommen wohl auch weiterhin dafür ihren gewohnten Lohn. Ich schwur ihnen, die würden noch vor die Hunde gehen! Wir aber, wir sollten rechtzeitig fliehen, am besten gleich morgen früh, möglichst noch vor Sonnenaufgang! Ja, das sollten wir!

Es war inzwischen Mitternacht geworden, als ich meine Zimmernachbarinnen aufweckte und ihnen aufgeregt meinen Fluchtplan unterbreitete. Bald gesellten sich auch die übrigen Gefährtinnen zu uns – ganz leise zwar, damit unsere Lehrerin, Fräulein Klee, die ihr Zimmer über uns hatte, nichts merkte. Alle brannten gleichermaßen darauf, möglichst bald nach Hause zu kommen. Und so beschlossen wir, uns - in Vierergruppen aufgeteilt – bereits am nächsten Morgen in aller Frühe zu Fuß Richtung Westen aufzumachen. Irgendwie würden wir schon durchkommen. Nur unsere bayrische Hausmutter, die Frau Specker, weihten wir in unseren Fluchtplan ein. Sie war geradezu froh darüber, dass wir uns absetzen wollten, denn so könnte endlich die seit langem geplante Hochzeitsfeier ihrer Schwester mit einem bekannten Fabrikanten in ihrem Haus durchgeführt werden. Graf Luckner, der zurzeit ja schon als Gast bei ihnen weilte, sollte als Trauzeuge fungieren. Also sagte uns die Speckerin ihre Hilfe zu. Großmütig plünderte sie ihre Vorratskammer, versorgte uns mit dicken Stullenpaketen und versprach, uns gegen Morgen rechtzeitig zu wecken, damit wir noch vor Erscheinen unserer Lehrerinnen davonschleichen könnten. Beruhigt legten wir uns zum Schlafen nieder. Doch kaum hatte ich meine Augen zugemacht, da erschien Frau Specker noch einmal an meinem Bett.

„Eva", flüsterte sie mir zu, „also mei Mann, der hat grad heut ghört, dasch die Amis in Pensberg, etwa zwanzisch Kilometer von hier entfernt, a Lager aufgebaut habn für die deutsche Kriegsgefangene, die dort uff ihre Entlaschung warte und die se dann mit Lkws nach Hause transchportiern tun. Die würde auch Zivilischte mitnehme. Also, mei Mann, der tät euch Morge in alle

Herrgottsfrüh mit sein Traktor zu die Lager fahrn, dann braucht ihr nich de ganze Wech bis nach Haus zu Fuß laufe. Ihr müscht da nur ein Stück durschn Wald hinters Dorf gehe, allweil mei Mann ja nich gsehn werde darf, wie er euch mit seine Traktor zur Flucht verhelfe tut."

Na, wenn das keine gute Nachricht war! Alle waren erleichtert über diese glückliche Fügung. Und pünktlich morgens um Sechs schlichen wir leise wie eine Räuberbande durch den Wald zum Ende des Dorfes, wo Herr Specker mit seinem Trecker auf uns wartete. Nach gut einer Stunde hatten wir unser Ziel erreicht. Der Traktor hielt außerhalb der Sichtweite des Gefangenenlagers. Herr Specker hatte es eilig, zurückzufahren, um keinen Verdacht durch längere Abwesenheit zu erregen. Noch ahnte er nicht, dass ihm die örtliche Militärverwaltung – alarmiert durch unseren Rektor, dem plötzlich ein Teil seiner Schäfchen abhandengekommen war – für seine Fluchthilfe zehn Tage Hausarrest aufbrummen würde. Wir aber gingen tapfer auf das Lager zu, das sich mit seinen feldgrauen Zelten auf einer großen Wiese ausgebreitet hatte. Kein Stacheldraht – nirgendwo! Alles war offen. Hier fragte niemand nach einem Passierschein. Deutsche Landser liefen frei herum in ihren Uniformen, nur ohne Rangabzeichen. Vereinzelt dazwischen - mit einem Gewehr über der Schulter - amerikanische Soldaten, die so gar nicht kriegerisch aussahen. Einige steckten uns Schokolade zu, die wir gleich gierig in den Mund stopften.

Suchend blickte ich mich um. Ein Zelt erregte meine Aufmerksamkeit. Über dem Eingang prangte ein Schild. *Lagerkommandant Oberst von Schwertfeger*" stand darauf. "Los", sagte ich zu den Kameradinnen, "lasst uns da rein gehen."

Das Zelt war sehr groß, dabei fast leer bis auf den Schreibtisch, hinter dem der Oberst saß und vor dem ein einzelner Stuhl stand. Der Oberst trug noch all seine Rangabzeichen. Ich ging auf ihn zu. Meine Kameradinnen blieben am Zelteingang zurück. Der Oberst schaute mich ernst an. Ich atmete tief ein, hob die Hände, ließ sie wieder sinken.

„Was wollt ihr", fragte der Oberst.

„Wir, hm, wir wollen nach Gelsenkirchen", begann ich stotternd.

„Ausgerechnet Gelsenkirchen?"

„Hauptsache Richtung Westen", erwiderte ich rasch.

„Wie viele seid ihr?"

„Neunzehn", antwortete ich.

„Ihr habt Glück! Heute Mittag fährt eine Kolonne los. Da wird auch ein Wagen für euch dabei sein. Lasst euch vorher was zu essen geben", sagte der Oberst und zeigte ein schiefes Lächeln.

Das Kantinenzelt war schnell gefunden. Wir brauchten nur dem verlockenden Geruch nachzugehen. Dort reihten wir uns in eine Schlange von Zivilisten und Exsoldaten ein und bekamen einen Teller voll Erbsensuppe aus der Gulaschkanone, dazu als Wegzehrung je ein halbes Brot und eine Dose Schweineschmalz. Wir kamen uns vor wie im Schlaraffenland. Pünktlich um ein Uhr stand die Wagenkolonne zur Abfahrt bereit. Wie versprochen, war auch ein Laster für uns dabei. Zwei deutsche Kriegsgefangene waren als Fahrer abkommandiert. Ein schwarzer Ami - sein Gewehr lässig über die Schulter gehängt – fuhr als Wachposten mit. Wir wurden auf die Ladefläche des Wagens dirigiert und versuchten, es uns neben unseren Reisebündeln auf dem Boden bequem zu machen. Doch, Herr im Himmel, war diese Fahrt eine Qual! Wir wurden tüchtig durchgeschüttelt und saßen so eng aneinander gedrängt, dass wir uns kaum rühren konnten.

Stunde um Stunde rollten wir so im eintönigen Rhythmus dahin. Die Planen des Lasters versperrten uns zu beiden Seiten den Blick auf die Dörfer und Städte, die wir durchfuhren, und verhinderten so jede Orientierung. Allmählich ging auch die Sonne unter, und die Dämmerung erfasste bald jeden Winkel des Wagens. Fast teilnahmslos dösten wir vor uns hin. Plötzlich jedoch hielt der Laster mit quietschenden Bremsen. Der Fahrer erschien und ließ die Ladeklappe herunter. „Wir sind jetzt in Gelsenkirchen, direkt vor dem Bahnhof", sagte er. Seiner Stimme hörte man die Müdigkeit an. „Es ist jedoch 12 Uhr Mitternacht. Wegen der Sperrstunde dürfen wir nicht weiterfahren, und uns auch vor sechs Uhr nicht draußen aufhalten."

Du liebe Zeit, was sollten wir bis dahin machen? Noch weitere Stunden im Auto hocken? Christel Meinker – die Klassenkameradin mit der schönen Sopranstimme – meinte, wir könnten zu ihr nachhause kommen. Ihre Familie wohne gleich neben dem Bahnhof. Ihre Mutter hätte sicher nichts dagegen, wenn wir bis zum Ende der Sperrstunde dort blieben. Also verließen wir den Laster und gingen das kurze Stück zum Haus der Familie Meinker. Trümmerberge säumten die Straße. Der Wind spielte mit Blättern, die keiner mehr wegfegte, wirbelte sie eine Treppe empor, die allmählich von Unkraut überwuchert wurde. Eine alte Laterne streute ihr blasses Licht auf ein Steingebilde, das früher mal ein Geschäftshaus war. Das Haus der Familie Meinker daneben aber war unversehrt geblieben.

Wir klingelten Christels Mutter aus dem Schlaf und erschreckten sie mit unserem unerwarteten Erscheinen. Doch war es für sie selbstverständlich, unsere Gruppe bis zum Ende der Sperrstunde in ihrer Wohnung aufzunehmen. Bereitwillig kramte sie einige Decken zusammen. Müde, wie wir waren, rollten wir uns darauf auf dem Fußboden zusammen und schliefen gleich ein. Als wir wieder aufwachten, schwirrten zarte Lichtwellen durch den Raum. Die horizontalen Linien der Fensterläden bildeten einen schönen Kontrast zu den Längsfalten des leicht wehenden Vorhangs, und das Zusammenspiel von Licht und Wind, von Drinnen und Draußen, berührten mich sehr. Wie schön ist doch das Leben, dachte ich, wie schön! Und gleich werde ich endlich wieder bei meiner Familie sein!

Und das Leben geht weiter

Ich schreite fort

du schreitest fort

wir schreiten fort

schreiten fort

von uns selbst

Wohin?

Krempeln wir die Ärmel hoch

Der Krieg war nun Vergangenheit. Wir lebten noch! Es war das Jahr 1945! Was für ein Jahr! Was für eine Zeit! Was für eine? Eine zum Anfassen, zum Ärmel hochkrempeln, zum Bilanz ziehen und zum Träumen von Frieden, von einer besseren Zukunft. Es hätte auch eine Zeit sein können zum Aufarbeiten der Nazi-Vergangenheit. Davon aber wollten die Menschen in den Jahren des Wiederaufbaus nichts wissen. „Geh mich doch weg mit die Politik, davon hab' ich die Schnauze voll."

Ja, wir waren gebrannte Kinder - missbraucht, betrogen, unsinnig verheizt. Wem sollten wir noch glauben? Wem konnten wir noch trauen? Der Krieg war verloren, die Unschuld verraten, die Liebe ohne Hoffnung. Wirklich ohne Hoffnung? Konnten wir überhaupt begreifen, was geschehen war? Konnten wir das alles zu Ende denken? Was konnten, was mussten wir jetzt tun? Was? Die Städte trugen noch die Narben des Krieges, die Trümmer waren noch nicht weggeräumt. „Lasst uns einfach in die Hände spucken, bis wir wieder Boden unter den Füßen haben", hieß die Parole.

Auch ich hatte das Gefühl, dass ich wieder neu anfangen konnte. Ich war neugierig, wollte alles kennen lernen, alles nachholen, was ich in den Jahren der Isolation versäumt hatte. Plötzlich tönte aus den Rundfunkgeräten Musik, die wir nie zuvor gehört hatten - die wir nie zuvor hören durften, weil es *Negermusik* war. Dieser Jazz – so unbändig und mitreißend - er steckt mir noch heute in den Knochen. Und dann die Entdeckung der modernen Kunst, die man uns während der Nazizeit vorenthalten hatte. Die erste Berührung mit Werken von Picasso, Van Gogh, Gauguin! Sie waren für mich eine Offenbarung, eröffneten mir eine neue Welt, nahmen mich gefangen. Diese Farben, diese Formen! Ich sammelte alle Kunstdrucke, die ich in Zeitschriften entdeckte, klebte sie auf ein Stück Pappe und befestigte sie an den Wänden meines Zimmers. So hatte ich bald eine kleine Galerie moderner Kunst zusammen, durch die ich in eine zuvor nie gekannte Welt eintauchen konnte.

Ebenso gehörte bald auch das Theater zu dem Größten, was es für mich gab. Ich erinnere mich noch lebhaft an meine erste Theatervorstellung nach dem Krieg, irgendwo in einem alten Wirtshaus-Saal, in dem die Wände Risse aufwiesen und die Türen nicht richtig schlossen. Eine Wandertheatergruppe - wie sie damals vielfach aus dem brodelnden Boden der Nachkriegswirren wuchsen - spielte „Die Möwe" von Tschechow. Und wie sie spielte:

„Kalt ist es, schrecklich kalt.
Leer ist es, leer, so leer.
Schrecklich ist es, schrecklich, schrecklich!"

Oder war es nicht Tschechow? Egal! Jedenfalls wirken diese Worte bis heute in mir nach. So wie auch Brecht Spuren in mir hinterlassen hat. Vielleicht mehr als jeder andere Dichter. Einige seiner Texte schwirren mir noch heute durch den Kopf als Boten einer alten und neuen Welt, einer alten und neuen Hoffnung, wie diese Zeilen aus dem „Leben des Galilei", die er bereits 1938 hellseherisch geschrieben hat:

„Die alte Zeit ist herum und es ist eine neue Zeit.
Die alten Lehren, die tausend Jahre geglaubt wurden, sind ganz baufällig.
Wo der Glaube tausend Jahre gesessen hat, ebenda sitzt jetzt der Zweifel".

Ich war jung und hungrig und verschlang mit besonderer Begeisterung auch die „Neue Amerikanische Literatur", mit der ich in dieser Zeit erstmals in Berührung kam. Unvergessen auch Hemingway - dessen Werke ich im neu gegründeten *Amerika-Haus* in Gelsenkirchen entdeckte. Die Hemingway'sche Stimme faszinierte mich durch ihren unverwechselbaren Klang. Später sollten mich Böll und Grass - um nur einige zu nennen - auch mit der *Neuen Deutschen Literatur* infizieren.

Ich hungerte aber nicht nur nach kulturellen Dingen, ich hungerte ebenso nach einem Leben in normalen Bahnen. Persönlich hatten wir Glück gehabt, denn in meiner Familie waren alle noch einmal davon gekommen. Wir mussten nicht flüchten, waren nicht ausgebombt, hatten keine Angehörigen im Krieg verloren. Und doch war auch für uns das Leben in der Nachkriegszeit nicht einfach. Die Ernährungslage war katastrophal, Lebensmittel streng rationiert. Was es auf *Marken* gab, reichte nicht aus, den Hunger zu stillen. Viele haben geschoben, betrogen, organisiert und geklaut, was das Zeug hielt, die einen im größeren, die anderen im kleineren Stil. Wir aber waren nicht dreist genug für Schwarzmarktgeschäfte, Kohlenklau und andere krumme Dinger, zumindest nicht im größeren Stil. Trotzdem lamentierten wir nicht, sondern packten an, jeder so gut er konnte.

Vieles lief noch durcheinander in jener Nachkriegszeit. Man musste improvisieren, sich orientieren, neue Ziele setzen, um zu überleben. Das *Tausendjährige Reich* hatte ja *nur* zwölf Jahre gewährt. Die meisten machten weiter, als hätte es sie nie gegeben. Hitlers „*Mein Kampf*" – früher in vielen Bücherschränken hinter Glas zur Schau gestellt, wenn auch vielfach nie gelesen – wanderte ohne Bedauern ins Feuer. Alle waren plötzlich Demokraten. Wer war schon Nazi? Die hat es doch *nie* gegeben!

Die Besatzungsmächte aber waren misstrauisch. Sie änderten nicht nur anrüchige Straßennamen - so wurde unser harmloses Sträßchen, das bisher den Namen des ollen Preußen-Generals *Ziethen* trug, in *Herner Straße* umbenannt - auch die Bevölkerung wurde einer groß angelegten Entnazifizierungskampagne unterzogen. Wer keinen *Persilschein* vorweisen konnte, durfte nicht mehr im öffentlichen Dienst beschäftigt werden. Dennoch konnte so manche Nazi-Größe in der neuen Bundesrepublik Karriere machen. Dagegen entgingen Pädagogen nur selten den Säuberungen. Auch Fräulein Klee - die uns fast drei Jahre lang in unserem Schul-Exil deutsche Grammatik beigebracht hatte, ohne je mit nationalsozialistischen Gedankengut um sich zu werfen – wurde aus dem Schuldienst entlassen. Vielleicht, weil man ihrem Bruder – einem Luftwaffenhauptmann – während des Krieges ein Ritterkreuz umgehängt hatte? Kein Wunder, dass Lehrer zur Mangelware wurden, zumal es kaum

Pädagogen gab, die nicht über eine mehr oder weniger ausgeprägte NS-Vergangenheit verfügten oder sich noch in der Kriegsgefangenschaft befanden.

Kurzerhand wurden die Schulen unserer Stadt für ein Jahr geschlossen. So manches Schulgebäude lag auch noch in Trümmern oder wurde anderweitig genutzt. In unserer alten Mädchen-Mittelschule am Machensplatz hatte sich zum Beispiel die britische Besatzungsbehörde breitgemacht. Klar, dass auch die Schulbücher erst von Naziparolen befreit werden mussten, bevor sie wieder in Schülerhände gelangen durften.

Wie viele Taschen braucht das Land?

Ein ganzes Jahr Zeit lang hatte ich nun Zeit, mich - meinen bescheidenen Fähigkeiten entsprechend - am Überlebenskampf der Familie zu beteiligen. Dabei kam mir zu Hilfe, dass ich eines Tages im Untergeschoss des Knappschaftskrankenhauses, wo unsere Anstreichergesellen gerade Ausbesserungsarbeiten durchführten, einen Riesenberg alter Röntgenaufnahmen entdeckte, auf deren Folien durchlöcherte Schädeldecken, zersplitterte Rippenbögen und verrutschte Schienbeine vor sich hin gammelten. Sie schienen nur darauf zu warteten, dass etwas Neues aus ihnen entstände. Doch was? Ja, was schon? Taschen natürlich - Aktentaschen, Umhängetaschen, Einkaufstaschen, Brieftaschen! Irgendwelche Taschen brauchte schließlich jeder, denn jeder hatte mal was zu tragen, und sei's nur sein bisschen Geld. In den Geschäften aber waren Taschen kaum zu ergattern.

„Könnte ich wohl die alten Röntgenaufnahmen haben?" fragte ich den Hausmeister, der mir gerade über den Weg lief.
„Was willst du denn anfangen mit diesen schaurigen Knochenbildern? Dein Zimmer damit tapezieren?" Er lachte schallend.
„Ne", meinte ich, „auf ein Gruselkabinett leg' ich keinen Wert. Aber brauchen kann ich sie schon. Also, wie ist es, krieg' ich sie nun oder krieg' ich sie nicht?"

„Na, meinetwegen", brummelte er und erlaubte mir sogar, einen ausgedienten Handkarren für den Transport auszuleihen. Beglückt zog ich mit meinem unerwarteten Schatz ab. Nun stand mir genügend Material für die geplante Taschenproduktion zur Verfügung. Doch zunächst mussten die Vorlagen unter heißem Wasser abgeschrubbt werden, denn wer wollte schon Taschen mit alten Skeletten drauf spazieren führen. Erstaunlich, wie klar die Folien wurden, wenn sie nach gründlicher Reinigung von ihren krankhaften Befunden befreit waren! Jetzt brauchte ich nur noch Musterblätter aus unseren alten Tapetenbüchern zwischen zwei Röntgenblätter legen, das Ganze in

Form schneiden, zurechtbiegen und zusammennähen. Nein, nein, nicht mit Mamas alter Nähmaschine, sondern ganz profan mit der Hand. Ein Glück, dass mir ein ehemaliger Straßenbahnschaffner seinen ausgedienten Fahrkarten-Knipser im Tausch gegen einen noch nicht allzu abgenutzten Deckenquast überließ. Damit knipste ich rund um das Taschenmaterial kleine Löcher in den Rand und umstach sie mit grau-blauem Isolierband, dass man mit ein wenig Glück noch ohne Bezugscheine ergattern konnte. Natürlich hatte ich den Ehrgeiz, ständig neue Modellformen zu entwerfen, sie durch unterschiedliche Tapeteneinlagen in lichtblau oder smaragdgrün, in gestreift oder geblümt aufzupeppen und mit Locher und Band abstrakte Muster in den Taschenumschlag zu sticken. So wurde jedes Stück ein Unikat.

Die gute, alte Klara Keul - bei der Mama in der guten, alten Zeit ihre extravaganten Hüte hatte machen lassen - erklärte sich bereit, meine gesamte Kollektion in ihrem Hutgeschäft in der Gelsenkirchener Altstadt auszustellen. Und siehe da, man riss ihr die Taschen geradezu aus den Händen.

Es war ein Glück, dass inzwischen auch meine Schwester Anna ihre Ärmel aufkrempelte und sich an der heimischen Produktion beteiligte. Allein hätte ich die immer größer werdende Nachfrage nicht befriedigen können. Kein Wunder eigentlich, denn diese einmaligen Modelle waren nicht nur hübsch und tragbar, sondern auch erstaunlich haltbar. Selbst Jahre nach der Währungsreform entdeckte ich noch Frauen, die mit *meinen* Taschen unterm Arm durch die Stadt schlenderten.

Mir aber war als unvergänglicher Lohn meiner schöpferischen Arbeit nur die Erinnerung an den allzu vergänglichen Schweinespeck geblieben, den wir vom Erlös der Taschen auf dem Schwarzmarkt erworben haben, um damit unsere mageren Essens-Rationen aufzupäppeln.

Die Rückkehr der Brüder

Ja, das Leben ging weiter. Doch in vielen Familien fehlten die Männer, die Väter, die Söhne, die Brüder. Die Ungewissheit lähmte. Hoffnung und Zweifel, Trauer und Resignation wechselten einander ab. Auch in unserer kleinen Straße spielten sich Dramen ab, kam es zu rührende Szenen über ein unverhofftes Wiedersehen. Wie in der Wohnung über uns: da saß die alte Frau Müller allein in der Küche und weinte um ihren Sohn, von dem sie nicht wusste, ob er noch lebte. Plötzlich schreckte sie auf. Es hatte geklingelt. Zögernd öffnete sie die Tür, und da stand der vermisste Sohn vor ihr - völlig abgemagert, in zerschlissener Uniform. Aber er lebte! Sie brachte zunächst keinen Ton heraus, konnte nicht sprechen, begriff nichts. Dann endlich ein erlöstes „Junge, mein Junge!", und mit Tränen in den Augen schloss sie ihn in ihre Arme.

Und mit Monika – der junge Kriegerwitwe von gegenüber? Sie hatte sich bereits damit abgefunden, nun allein ihre drei kleinen Kinder großzuziehen zu müssen. Doch warum – dachte sie dann - soll ich nicht die alte Frau Kaminski zu mir nehmen, deren Mann vor kurzem an Steinstaublunge gestorben ist und deren zwei Söhne im Krieg gefallen sind? So zog Frau Kaminski bei ihr ein und wurde für Monikas Töchter die Oma, die sie sich immer gewünscht hatten.

Und wie war es mit Mamas Freundin Ella, die eines Tages wie von Furien gehetzt in unsere Küche stürzte? Als sie die Tür hinter sich zugezogen hatte, blieb sie am Türpfosten stehen, die eine Hand auf der Klinke, die andere am Aufschlag ihres Mantels. Sie sah müde aus und blass, ihre aschblonden Haare hingen kläglich herab. „Komm doch herein! Was hast du denn?" fragte Mama. Da ließ Ella die Türklinge los und trat langsam näher. Ihre Lippen bebten. „Erich", konnte Ella nur sagen, „Erich!" „Was ist mit ihm, sag, was ist passiert?" fragte Mama erschrocken.

„Er ist gefallen", schluchzte Ella auf, und plötzlich stieß sie einen lang gedehnten Schmerzenslaut aus, einen Laut, wie Mama ihn noch nie gehört hatte. Sie wusste nicht, wie sie darauf reagieren sollte. Es gab nichts, was Ellas Schmerz hätte besänftigen können.

Auch am Ende unserer Straße – gleich neben der Kohlenhandlung – spielte sich eine Tragödie ab. Dort wohnte Berta, eine junge Frau, deren Mann bereits seit Beginn des Rußlandfeldzuges vermisst wurde. Nach langer Zeit des vergeblichen Hoffens hatte sie endlich wieder Lebensmut gefasst, hatte einen neuen Partner gefunden, der ihr beistand, der sie liebte. Nun erwartete sie ein Kind von ihm, ihr erstes Kind. Sie war überglücklich, und sie wünschte sich, dass es für immer so bleiben würde. Doch wenige Monate nach Kriegende - an einem sonnig heiteren Tag - geriet die neue Sicherheit ins Wanken. Vor ihrer Tür stand ein Mann - zerlumpt und ausgehungert, sein Gesicht von unmenschlichen Strapazen gezeichnet. Er starrte sie wortlos an, starrte ihr ins Gesicht, starrte ungläubig auf ihren gewölbten Leib. Wer war dieser Fremde? Ein Geist? Ja, ein wieder lebendig gewordener Geist aus der Vergangenheit - ihr Mann! Wie hatte er es nur geschafft, aus einem sibirischen Lager zu entfliehen und sich bis zu seiner Heimat durchzuschlagen? Vielleicht hat ihn ja der Gedanke an seine Frau die unmenschlichen Strapazen seiner gefahrvollen Odyssee ertragen lassen. Und nun?

Die Verstrickung, in der die junge Frau sich befand, berührte mich sehr. Für wen würde sie sich entscheiden? Für den heimgekehrten Ehemann oder für den Vater ihres Kindes? Und wie wird der Mann, gegen den ihr Urteil fällt, mit seinem Schicksal fertig? Wie dieses Drama, das für mich etwas von einer griechischen Tragödie hatte, letztendlich ausgegangen ist? Ich habe es nicht mehr erfahren.

Doch unsere Familie war ebenso tief verunsichert. Wir zitterten um meine Brüder Toni und Georg. Seit dem Zusammenbruch des Reiches hatten wir nichts mehr von ihnen gehört.

Sollten sie noch gegen Ende des Krieges einen sinnlosen Heldentod gestorben sein? „Wenn du ein Hufeisen findest", sagte der Altgeselle Wallner zu Anna, „dann musst du dreimal darauf spucken! Das bringt Glück." Wenige Tage später fand Anna vor der Treppe unseres Hauses tatsächlich ein Hufeisen. Nein, eigentlich war es kein richtiges Hufeisen, sondern nur ein kleines Stück Blech in Hufeisenform, das man unter die Absätze der Schuhe nagelte, damit sie länger hielten. Ein Hufeisen ist ein Hufeisen, dachte Anna, dieser Fund kann nur Gutes bedeuten! Sie wartete einen Tag, zwei Tage, dann am dritten Tag trat es ein - das Wunder, dass sie erhofft hatte: Als sie morgens aus dem Küchenfenster blickte, entdeckte sie im Hof einen ziemlich abgerissen aussehenden Soldaten. „Hallo", rief er und winkte ihr zu. Anna glaubte ihren Augen nicht zu trauen, doch wahrhaftig, es war Georg, ihr Bruder. Er hatte Glück gehabt, denn das Lazarett, in das er kurz vor Kriegsende eingeliefert worden ist, schickte alle halbwegs wieder hergestellten Verwundeten vorzeitig nach Hause. Den Granatsplitter aus seinem Knie hatte man wohl entfernt, doch die Wunde war noch nicht verheilt. Er humpelte arg und brauchte beim Gehen eine Krücke. Trotzdem machte er sich daheim gleich nützlich, stellte sich Tag für Tag an den Herd und brutzelte, dass die Nachbarn voller Neid ihre Nasen in unsere Kochtöpfe bohrten. „Wieso riecht es bei euch so unverschämt nach Schweinebraten? Hat eure Anna etwa ein Krösken mit dem Metzger?"

Nein, das nicht! Anna hatte nur etwas riskiert. Als sie nämlich hörte, dass die Lagerhallen am Kanal bereits unter Artillerie-Beschuss lagen und auf Deubel-komm-aus geplündert wurden, ist auch sie mit dem geliehenen Lieferwagen unseres Gemüsehändlers dorthin gefahren. Wegen der gefährlichen Knallerei aber traute sich Anna doch nicht nah genug ran, um dabei mitzumischen. Während sie sich also respektvoll abseits hielt, entdeckte sie einen riesigen Kerl, der Haken schlagend quer übers Feld davon rannte und dabei einen Kasten fallen ließ. Geistesgegenwärtig schnappte sich Anna den Karton, warf ihn auf den Lieferwagen und brauste so schnell sie konnte damit nach Hause. Ein Blick in die Kiste offenbarte dann, dass sie zwölf

Dosen Schweineschmalz ergattert hatte. Seitdem gab es bei uns Schweinefett satt, und Georg konnte nun nach Herzenslust knusprige Kartoffeln braten oder kleine Pfannkuchen aus grob gemahlenen Roggenkörnern backen.

Als jedoch die Militärbehörde alle ehemaligen Wehrmachtsangehörigen aufforderte, sich registrieren zu lassen, sollte es für Georg mit der Ruhe am Herd vorbei sein. „Ne", befand Georg, „'ne, freiwillig gehe ich da nicht hin. Wer weiß, was die mit uns vorhaben! Erst mal sehen, ob diejenigen, die sich melden, überhaupt zurückkommen." Sie kamen nicht zurück, und Georg hielt sich fortan nicht mehr vor dem Ofen, sondern lieber versteckt in einem Hinterzimmer unseres Hauses auf. Eines Tages aber kreuzten zwei amerikanische Militärpolizisten mit vorgehaltener Maschinenpistole bei uns auf und nahmen ihn mit.

Georg wurde in das berüchtigte Auffanglager nach Rheinberg gebracht, wo die Gefangenen zu Hunderttausenden auf einer riesigen, mit Stacheldraht eingezäunten Wiese kampieren mussten, die mit Maschienengewehrtürmen gesichert war. Praktisch über Nacht hatten die Amerikaner das Lager für die zurückflutenden deutschen Soldaten errichtet – ohne besondere Vorbereitungen, ohne Zelte, ohne Decken. Die Essensrationen waren minimal: ein paar Kekse, zwei Löffel Büchseninhalt, hin und wieder getrocknete Bohnen, harte Reiskörner, ungekochte Kartoffeln. Nur ein magerer Bach, der sich durch das Grundstück schlängelte, versorgte die Männer mit Wasser, das sie zum Trinken und zum Kochen ihrer spärlichen Lebensmittelrationen in verbeulten Konservendosen nutzen konnten. Die letzten Äste eines alten Kirschbaums mussten als Brennholz ebenso herhalten, wie Georgs Krückstock aus knorrigem Hartholz.

Wie viele der Männer in dieser Hölle an Unterernährung und Lungenentzündung gestorben sind? Niemand hat sie gezählt. Es waren wohl Hunderte oder gar Tausende. Sie fielen einfach um - wie die Fliegen. Männer in grauen Arbeitsanzügen sammelten sie auf und schafften sie ohne großes Aufheben aus dem Lager heraus - irgendwohin. Fünfzig bis sechzig zählte Georg an manchen Tagen. „Hätte ich vor der Gefangennahme durch die unverhofften Schmalzportionen nicht einige Fettreserven angesetzt", meinte Georg hinterher, „wer weiß, ob auch ich auf dieser Unglückswiese zurückgeblieben wäre."

Wegen der noch nicht ausgeheilten Knieverletzung wurde Georg acht Tage nach seiner Internierung in eine Krankenbaracke verlegt. Damit stiegen zunächst seine Chancen, bald entlassen zu werden. Doch als das Lager von den Amerikanern an die Engländer übergeben wurde, verfügten die Tommys als Erstes einen Entlassungsstop auf unbestimmte Zeit. Im Verwaltungsbüro des Lagers aber saß der berühmte Schalker Fußballer Ernst Kuzorra, und der sorgte als waschechter Gelsenkirchener dafür, dass mit dem letzten Transport vor dem Stopp noch alle Kameraden aus seiner Heimatstadt Gelsenkirchen nach Hause fahren konnten. Georg gehörte dazu. Wir waren überglücklich. Vor allem Mama atmete erleichtert auf, weil wieder ein Mann im Haus war, der nun auch die Arbeit im elterlichen Malerbetrieb weiterführen und sie ein Stück weit entlasten konnte.

Und mein Bruder Toni, was war mit ihm? Körperlich hatte er den Krieg unbeschadet überstanden, doch als ihm bewusst wurde, wie sehr man seinen Idealismus missbraucht hatte, verlor er fast den Boden unter den Füßen. Dazu kam die Angst, man würde ihn einsperren – hatte er sich doch im jugendlichen Überschwang mit siebzehn Jahren freiwillig an die Waffen-SS verkauft. Das verräterische Zeichen - die tätowierte Blutgruppe unterm Arm - versuchte er stümperhaft mit einer Zigarette auszubrennen. Die Narbe, die diese Prozedur hinterließ, erschien ihm wie das Sinnbild der Narben, die seine junge Seele abbekommen hatte. Von den Gräueltaten, die - wie er erst jetzt erfuhr - im besonderen Maße durch SS-Einheiten verübt worden sind, hatte er in seinem Nachrichten-Bataillon in Bad Tölz nichts mitbekommen. Nicht ein einziges Mal musste er dort ein Gewehr in die Hand nehmen. So sehr er sich auch zu Beginn des Krieges gewünscht hatte, *für Führer, Volk und Vaterland* zu kämpfen, so dankbar war er nun, dass er nie auf einen Menschen hatte schießen müssen. Als er später Fotos von ermordeten KZ-Häftlingen sah, weinte er vor Entsetzen. Zum ersten Mal schämte er sich, ein Deutscher zu sein.

Wie hatte er sich so blenden lassen können? Hätte er die Wahrheit nicht früher erkennen müssen? Damals - als er im Übungslager Werl gedrillt wurde - hatte einer aus seiner Mannschaft, der vorher Wachmann in einem Konzentrationslager war, erzählt, dass die Menschen dort aufs Grausamste gequält und sogar vergast wurden. Doch niemand hatte ihm geglaubt. Die Kameraden hielten das für böswillige Verleumdung, warfen dem Mann Kriegszersetzung vor und verprügelten ihn, sodass er fortan den Mund hielt. Man wollte nichts hören, nichts sehen, nichts wissen und den Glauben an den *Führer* nicht verlieren.

„Nie wieder", schwor sich Toni, „nein, nie wieder werde ich zulassen, dass mich irgendwelche Rattenfänger so missbrauchen!" Wie aber konnte er sich in dieser Situation neu orientieren? Wie seine Zukunft gestalten? Er hatte nicht den Mut, sich den Behörden zu stellen. Dabei bestand für ihn kaum Gefahr, festgenommen zu werden, denn diesen Kinder-Soldaten, die im letzten Kriegsjahr mit sechzehn/siebzehn Jahren eingezogen wurden und - freiwillig oder gezwungenermaßen – bei der *SS* gelandet waren, gewährte man durchaus Amnestie. Davon aber ahnte Toni nichts, und unterkriegen lassen wollte er sich auch nicht. Es genügt ja nicht, auf die Vergangenheit zu spucken, sagte er sich, man muss auch handeln, muss sehen, dass man in der Zukunft irgendwie durchkommt. Und er, er würde es schaffen! Ja, er würde es schaffen! Und tatsächlich, er schaffte es! Auf Pferdefuhrwerken versteckt, schlug Toni sich von Bayern aus nach Gelsenkirchen durch. Natürlich nicht in seiner alten SS-Uniform, sondern in Zivilkleidung, die er irgendwie organisiert hatte.

Nun also war auch Toni daheim. Doch er musste sich versteckt halten, durfte das Haus nicht verlassen. Es war nicht einfach für Mama, genügend Lebensmittel für den ewig Hungrigen auf dem Schwarzmarkt aufzutreiben. Als Untergetauchter bekam er natürlich keine Lebensmittelmarken. Auch an eine Arbeit für ihn war nicht zu denken. Da ließ Toni sich - zur Untätigkeit verdammt - von seinem besten Freund überreden, bei einer krummen Sache mitzumachen. In seiner Naivität schien ihm der Plan, den sein Kumpel ausgeheckt hatte, ungefährlich zu sein. „Hör mal", hatte der Freund gesagt, „im Keller einer leeren Schule lagern über hundert Bälle. Die hat wohl irgend so ein Nazischwein gehortet, um sie irgendwann einmal für gutes Geld zu verkaufen. Wir könnten uns einige davon holen und sie auf dem Schwarzen Markt verscherbeln. Dann hätten wir endlich Bares in der Hand - für Zigaretten oder was auch immer. Na, hast du Mumm, da mitzumachen?"

Toni bat sich eine kurze Bedenkzeit aus, dann stimmte er zu. Als es dunkel geworden war, zogen die beiden lautlos wie professionelle Diebe auf Raubzug. Doch es kam, wie es kommen musste! Während Toni sich bereits mit einem Sack voller Bälle auf dem Rückzug befand, wurde sein Kumpel auf frischer Tat ertappt. In seiner Angst hatte der nichts Eiligeres zu tun, als Toni zu verraten. Toni, der noch in der Nacht seine Beute vorsichtshalber in einen Bombentrichter geworfen hatte, wurde am nächsten Morgen von der Polizei abgeholt und in Untersuchungshaft gesteckt. Die Mama war entsetzt. „Mein armer Junge! Sie werden ihn doch wohl nicht lange festhalten? Er hat ja nur ein paar dumme Bälle mitgehen lassen."

Eine Woche später entdeckte ich meinen Bruder auf der Bochumer Straße inmitten eines Trupps von Zivilgefangenen, die alle in blauen Drillichanzügen steckten. Ein Wärter - das Gewehr lässig über die Schulter gehängt - eskortierte die Kolonne, die gerade von einem Arbeitseinsatz zurückzukommen schien. Als ich Toni so daher marschieren sah, würgte mich ein Kloß im Hals. Es tat weh, ihn dort zu sehen. Ungeachtet der Leute, die dem armseligen Zug neugierig nachstarrten, rannte ich über die

Straße, hakte mich bei Toni ein und lief ein Stück weit neben ihm her. Der Aufseher ließ mich gewähren, und Toni nutzte die Gelegenheit, mir zuzuflüstern: „Mach dir keine Sorgen um mich! Morgen werde ich hier die Fliege machen. Irgendwann werde ich mich dann von irgendwoher bei euch melden."

Am folgenden Tag sollte es Toni tatsächlich gelingen, sich beim Arbeitseinsatz von der Gruppe zu entfernen, ohne dass sein Ausbruch gleich bemerkt wurde. Er schlug sich nach Norddeutschland durch, nahm einen fremden Namen an und landete schließlich bei einem Bauern in der Nähe von Bremen, wo er gegen Mithilfe auf dem Hof kostenlos wohnen durfte. Später schaffte er es sogar, an der Landwirtschaftlichen Hochschule in Bremen zu studieren. Was aber konnte er mit seinem glänzend bestandenen Examen anfangen? Wo sollte er als diplomierter Landwirt Arbeit finden? Die großen Güter lagen überwiegend in der *russischen Zone*, sie waren für ihn unerreichbar. Und deutsche Kolonien in Übersee gab es schon lange nicht mehr.

Zunächst einmal kehrte er also nach Gelsenkirchen zurück und ließ sich nun dort unter seinem richtigen Namen registrieren. Er hatte auch keine Schwierigkeiten, seine inzwischen erworbenen Zeugnisse anerkennen zu lassen. Doch im Kohlenpott interessierte sich niemand für sein Landwirtschafts-Diplom. So blieb ihm nur übrig, sich mit Gelegenheitsarbeiten durchzuschlagen. Eines Tages, dachte er, wird es mir gelingen, nach Afrika auszuwandern und mir dort eine Farm aufzubauen. Und dann, ja dann? Na, man wird sehen!

Aber auch die Zukunft vieler anderer Menschen, die ich kannte, war noch offen. Von den Freunden meiner Brüder hatten es nur zwei geschafft, vorzeitig aus der Kriegsgefangenschaft entlassen zu werden. Sie hatten sich einfach als Bergleute ausgegeben, denn Bergleute wurden gesucht, der Wiederaufbau brauchte Kohle, ohne Kohle lief nichts. Noch am Tag ihrer Entlassung heuerten sie bei der Zeche Rheinelbe an, bekamen guten Lohn, Sonderrationen an Lebensmitteln und die begehrten Deputatkohlen. Beide blieben sie dem Bergbau treu, bis er –

nach Jahren des Erfolgs, nach weiteren Jahren des Niedergangs – mit schwarzen Fahnen zu Grabe getragen wurde. Viele ihrer alten Freunde sollten nie mehr nach dem Krieg zurückkehren; so auch der Schwarm meiner frühen Mädchenjahre, jener fesche Forsteleve, der gleich zu Beginn des Krieges seinen grünen Rock gegen eine Fliegeruniform tauschen musste. Er wurde bereits im ersten Kriegsjahr bei einem Luftangriff über London abgeschossen.

Und was war mit Werner - Hellas Bruder, den eine enge Freundschaft mit meinem Bruder Georg verband? Ebenso wie Toni hatte man ihn bereits mit siebzehn Jahren eingezogen und in eine SS-Einheit gesteckt. Doch im Gegensatz zu Toni hatte er sich nicht freiwillig dazu gemeldet. Die SS brauchte für ihren Russlandfeldzug junges Blut als Kanonenfutter, da ihre Einheiten gegen Ende des Krieges die höchsten Verluste hatten. Schon nach kurzer Ausbildungszeit wurde Werners Kompanie im Osten eingesetzt. Als die Front immer weiter auf Deutschland vorrückte, wich auch seine Einheit nach Westen aus. Die Männer wollten nicht in russische Gefangenschaft geraten und ergaben sich bei der ersten Gelegenheit den Amerikanern. Doch die Amis lieferten sie den Russen aus. Die jungen Kriegsgefangenen fürchteten nun, wegen ihrer früheren SS-Zugehörigkeit von den Russen besonders schikaniert zu werden. Ihre Ängste waren jedoch unbegründet. Die Russen hatten zu viele ihrer eigenen Männer im Krieg verloren - sie brauchten Arbeitskräfte, besonders für die Forstwirtschaft in Sibirien. Und so landeten Werner und seine Kameraden in den Weiten der sibirischen Wälder. Es war die Hölle für sie. Sie mussten riesige Bäume fällen und die schweren Holzstämme quer durch die tief verschneite Landschaft schleppen. Ja, sie haben hart gearbeitet, sie haben entsetzlich gefroren, sie haben furchtbar gehungert in ihren Camps, jedoch nicht mehr als die Russen selbst, wie Werner später immer wieder betonte. Sie erlebten nicht nur sibirische Winter mit Kälte, Schnee und glitzernden Eisflächen, sondern auch sibirische Sommer mit viel Sonne, Wärme und Grasflächen, die bis zum Horizont reichten. Sie erlebten nicht nur Hunger, sondern auch Menschlichkeit. Immer wieder kamen russische Frauen aus den umliegenden Dörfern zum Lager und warfen den Gefangenen Brot über den Zaun, obwohl sie selbst kaum etwas zu beißen hatten.

Irgendwann - im dritten sibirischen Wintermuss es gewesen sein - wurde Werner schwer krank. Eine Lungenentzündung schien seine Brust zu zerreißen. Schon hatte er die Hoffnung aufgegeben, seine Heimat jemals wieder zu sehen. Die russische Ärztin aber, die im Lazarett des Lagers arbeitete, gab ihn nicht auf. So saß sie oft bei Tag und auch bei Nacht stundenlang an seinem Bett und pflegte ihn, bis er wieder auf die Beine kam. Danach wurde er im Verpflegungslager eingesetzt, wo die Arbeit weniger anstrengend war. Doch sollten noch weitere tausend Tage vergehen - Tage, angefüllt mit Arbeit und schlaflosen Nächten, mit Hoffen und Bangen, mit Wünschen und Träumen - ehe er eines Tages im Winter des Jahres 1950 dank des Verhandlungsdrucks von Konrad Adenauer mit der sowjetischen Regierung die sibirische Eisenbahn besteigen durfte und nach langer Reise gemeinsam mit anderen Sowjetgefangenen als so genannter Spätheimkehrer in seine Heimat zurückkehren durfte. Und hier konnte für ihn nun endlich das normale Nachkriegsleben weiter gehen.

Hühner, Gänse und Gemälde

Eines Tages hatte Mama sich entschlossen, auf Hamsterfahrt zu gehen. Es war der große Hungerwinter. Die Familie
brauchte dringend zusätzliche Kalorien, denn von dem, was es
auf Lebensmittelmarken gab, konnte man kaum leben. Zugegeben, ein paar extra Scheiben Brot bekamen wir hin und wieder
von den Verwandten aus Bottrop. Aber allzu oft durften wir dort
nicht auftauchen, denn selbst ein Bäckermeister hatte nur be-
grenzte Möglichkeiten, seine vielen ausgehungerten Tanten,
Nichten und Neffen mit ausreichenden Backwaren zu versorgen. Der Weg dorthin war überdies in dieser Zeit besonders beschwerlich: Straßenbahnen und Busse konnten nur
streckenweise eingesetzt werden, denn die meisten Brücken
hatte man in den letzten Kriegstagen in die Luft gejagt, und auch
die Straßen waren zum Teil durch riesige Schlaglöcher und
Bombenkrater unpassierbar. Eigentlich brachte nur mein Bruder Hans die nötige Geduld auf, sich für zwei, drei Brote einen
ganzen Tag lang mit unzuverlässigen Fahrplänen herumzu-
schlagen und sich zwischen den einzelnen Stationen auf
Schleichwegen bis Bottrop durchzumogeln. Dafür nahm er sich
jedoch das Recht, auf der Rückfahrt ein ganzes Brot zu ver-
schlingen - mit Vorliebe natürlich eines dieser neuen gelben
Kloben aus amerikanischem Maismehl. „Das roch so verlo-
ckend", entschuldigte er sich hinterher, „da konnte ich einfach
nicht widerstehen." Was sollte man dazu schon sagen?

Nun aber wollte Mama versuchen, auf einer Hamsterfahrt
auch den nötigen Aufstrich fürs Brot zu organisieren: Butter,
Schmalz, Wurst, Schinken oder was sie sonst so ergattern
konnte. Doch einfach von Hof zu Hof zu latschen, an die Türen
zu klopfen und nach einer milden Gabe zu fragen - das würde
natürlich nichts bringen. Die Bauern verlangten dafür schon
eine Gegengabe. Inzwischen – so hieß es - seien sie recht wäh-
lerisch geworden. Einige hätten bereits ihre Kuhställe mit Per-
ser-Teppichen ausgelegt, andere würden mit Vorliebe echte
Ölgemälde sammeln. Ob das wirklich stimmte? Egal! Mama

wollte es mit ein paar Dosen Weißlack aus unserem Anstreicherbetrieb versuchen. Da konnte sie hin und wieder noch drankommen.

Es war einer von den Tagen, an denen sie sich unternehmungslustig fühlte, einer dieser Tage, an denen sie es riskieren wollte, vielleicht sogar ein Tag, an dem sie Glück haben sollte! Doch ganz allein wollte Mama sich nicht in solch ein Abenteuer stürzen. Hamsterfahrten sollten ja durchaus gefährlich ein. Man konnte schließlich vom Trittbrett eines überfüllten Zuges fallen oder in eine Kontrolle geraten und wegen unerlaubten Hamsterns eingesperrt werden. Es konnten noch weit schlimmere Dinge passieren. Jeder kannte doch die Geschichte von der Frau, auf die ein knauseriger Bauer seinen bösartigen Hund gehetzt hatte, der über die Ärmste herfiel, sich in ihren Armen festbiss, sie hinter sich herschleifte und nicht mehr los ließ. Die Frau - hörte man später – sei von ihrer Hamsterfahrt nie mehr zurückgekehrt. Und darum hatte Mama beschlossen, nicht allein, sondern mit den Bienroths zu fahren. Doch ob das gut gehen würde? Wir hatten so unsere Zweifel - ausgerechnet mit den Bienroths, diesen Chaoten!

Ach, Sie haben die Bienroths nicht gekannt? Da haben Sie aber was versäumt! Also, die Bienroths, das waren Leute mit all den Marotten, die man sich bei Künstlern so vorstellt. Das heißt, Künstler war eigentlich nur er, *sie* aber hatte die Allüren! Doch eins muss man sagen: der Maler Bienroth malte wunderbare Blumenbilder, meist in Aquarell, manchmal auch in Öl. Ein Ölgemälde mit einem duftigen Feldblumenstrauß in einen blau lasierten Steintopf gefiel der Mama besonders gut. Dieses Bild hat sie dem ollen Bienroth abgekauft, ohne mit ihm über den Preis zu handeln. Es hat das alte Hitlerbild über dem Lesesessel abgelöst und wurde zum heiteren Blickfang unseres Wohnzimmers. Mir jedoch sagten seine späteren Werke, in denen er dem Ruhrpott ein Denkmal setzte, mehr zu. Die herbe Schönheit der Industrielandschaft hat er als Künstler allerdings erst spät entdeckt und in blau-violetten Tönen – hier und da mit aggressivem Rot versetzt - festgehalten. Dabei ist dieser Mensch im Kohlenpott groß geworden, hatte also von jeher die imponierende Kulisse der Zechen, Türme und Schlote vor Augen!

Eigentlich war dieser Maler eher ein unauffälliger Vertreter seiner Zunft. Seine Frau dagegen - die einst aus Brandenburger Landen in den Kohlenpott kam - gab sich als Berliner Original mit Herz und Schnauze. Ihr Mann war für sie nur der *Alte,* der *Idiot,* der *Volksgenosse.* Sie aber blieb für ihn stets sein geliebtes *Gretchen,* nach deren Pfeife er tanzte wie ein gut dressierter Bär. Kinder hatten die Bienroths nicht, wohl einen weißen Spitz und fünf getigerte Hauskatzen. „An unseren Tieren haben wir mehr Freude als an einem Stall voller Blagen", war ihr Tenor, und entsprechend verwöhnten sie ihre Vierbeiner auch mehr, als so manche Familie den eigenen Nachwuchs.

Klar, dass sich der olle Bienroth für die Hamsterfahrt einige Bilder unter den Arm klemmte, um sie mit etwas Glück gegen Naturalien eintauschen zu können. Es war Sommer, die Hitze drückend und der Zug überfüllt. Selbst auf den Trittbrettern hingen die Menschen in Trauben und hielten sich an den Türgriffen fest. In den Abteilen war keine Unterhaltung möglich, denn jedes Gespräch nährt sich ja aus einer gewissen, auch körperlichen Distanz. In diesem Gedränge verhielten sich die Fahrgäste mürrisch und gereizt, jederzeit bereit, einander mit Fußtritten zu traktieren. Stickig stand die Luft im Raum, das Atmen fiel schwer. Mama und die Bienroths waren fest eingekeilt zwischen schwitzenden Männern, Frauen und Kindern.

„Gretchen, ich kann die Bilder nicht mehr halten. Was soll ich machen?" wisperte Wilhelm Bienroth Hilfe heischend seiner Frau zu. „Stell sie doch einfach auf den Boden, du Idiot!" brüllte sie über die Köpfe der andern hinweg. „Geht nicht, hier ist ja kein Platz, flüsterte er zurück. „Mensch Alter, stell dich nicht blöder an, als du bist", kam lautstark die Antwort, „lass die Bilder doch einfach fallen, dann werden die Volksgenossen ihre Quanten schon wegziehen!" Und die *Volksgenossen* hatten die Botschaft verstanden. Plötzlich gab es Platz zum Abstellen der

Bilder. Wilhelm Bienroth hatte wieder eine Hand frei, um sich endlich den Schweiß von der Stirn putzen zu können.

Kurz darauf hielt der Zug unerwartet mit quietschenden Bremsen auf offener Strecke. Die Fahrgäste fielen gegeneinander. Taschen und Rucksäcke purzelten aus den Gepäcknetzen und Bienroths Ölschinken kippten zur Seite. Nur gut, dass sie nicht hinter Glas steckten - der Scherbenhaufen wäre enorm gewesen. Langsam rappelten sich die Leute wieder hoch. „Wo sind wir hier?" Aha, irgendwo im ländlichen Bereich, weit ab von einem Bahnhof. Doch am Rande entdeckte man ein kleines Dorf. Wäre das nicht der richtige Ort für eine Hamstertour? Dieser Gedanke schien mehreren Reisenden zu kommen. Auch Mama und das Ehepaar Bienroth stiegen aus und wollten hier ihr Glück versuchen.

Im Dorf liefen Enten und Gänse frei herum, von einem Bauernhof her erklang das Gegacker von Hühnern, dem das Kikeriki eines Hahnes antwortete. An einem alten Fachwerkhaus hing ein verblichenes Schild: „Rudolf Weinhold & Söhne - Schmiedemeister". Das Haus aber war leer. Der Alte - hieß es - sei im letzten Winter verstorben, und seine Söhne wären bisher nicht aus dem Krieg zurückgekehrt. Ein Mönch in schwarzer Kutte ging vorbei. Hier irgendwo in der Nähe musste es ein Kloster geben. Ob auch der Pater bei den Bauern um ein paar Lebensmittel bettelte - sozusagen im Tausch gegen eine hilfreiche Fürsprache bei allen Heiligen? Warum sollten Mama und ihre Begleiter dort, wo fromme Menschen wohnten, nicht ebenfalls eine milde Gabe bekommen?

Der erste Bauer, bei dem sie anklopften - ein rotwangiger Kerl, über dessen Speckbauch sich protzig eine dicke, goldene Uhrkette breit machte - zeigte höhnisch grinsend auf die Fensterrahmen seines Hauses, die bereits in frischem Lack glänzten. „Nein, ich brauche keine Farbe, da kommen sie zwei Wochen zu spät. Und für Kunst hab ich nichts übrig. Mir reicht's, wenn die Fliegen meine Wände voll klecksen. Und überhaupt, was Essbares können Sie von mir nicht kriegen, wir haben ja selber nicht genug." Dabei entströmte dem Haus der Geruch von saftigem Schweinebraten.

Mama und ihre Begleiter ließen sich jedoch so leicht nicht entmutigen. Entschlossen steuerten sie auf den nächstgelegenen Kotten zu. Eine alte Frau in grauem Strick, mit blau-weiß karierter Schürze und Filzpantoffeln stand im Eingang und wusste nicht, was sie von den Fremden halten sollte. „Oma", sagte der Enkel, der rotznasig neben ihr stand, „Oma, ich glaube, die Leute wollen hamstern." „Jau, das wird's wohl sein", antwortete die grauhaarige Frau und setzte ein kaum merkliches Lächeln auf.

Wortlos führte sie die ungebetenen Gäste in die Gute Stube und bat sie mit einer knappen Handbewegung, am Tisch Platz zu nehmen. Der Bauer war gerade dabei, das Feuer im Herd mit ein paar Holzscheiten zu füttern. Schweigend blickte er in die Flammen, so als wolle er aus der Zügellosigkeit ihrer Glut neue Kräfte zehren. Die Stimmung wirkte gedrückt, selbst die sonst so lebhafte Künstlergattin wagte nicht, die Stille zu stören. Doch Mama hatte das Gefühl, dass sie dieses Haus nicht mit leeren Händen verlassen würde. Sie riskierte ein schüchternes Lächeln, holte die Lackdosen aus ihrer Tasche und stellte sie behutsam auf den Tisch, während Wilhelm Bienroth seine drei Ölgemälde einzeln gegen den Küchenschrank lehnte, damit sie entsprechend bewundert werden konnten. Die Augen des Bauern und seiner Frau wanderten von einem Bild zum andern, wanderten weiter zu den Wänden ringsum, an denen nur eine gerahmte Madonna und der obligatorische Christus am Kreuz hingen. War da noch Platz für moderne Kunst?

Nach einigen bangen Minuten löste sich der Bauer aus seiner Erstarrung, packte das erste Bild - das mit den zarten pastellfarbenen Blumen - und hielt es gegen die weiß getünchte Wand. „Einen Gockel für das Bild", knurrte er, und sah den Maler dabei beschwörend an. „Einen Gockel?" fragte dieser. „Na ja, warum nicht?" Und seine Frau schrie aufgeregt dazwischen:

„Aber nur einen lebendigen Hahn, keinen toten!" „Und was wollen Sie für das Bild mit der Trauerweide haben?" mischte sich nun die Bäuerin in die Verhandlungen ein. „Ein Huhn, ein lebendiges Huhn, damit der Hahn nicht so alleine ist", forderte Gretchen Bienroth und offenbarte damit ihre grenzenlose Tierliebe. „Wollen Sie nicht auch das Katzenbild haben?" fügte sie hinzu. „Ne, das wollen wir nicht, das können sie ruhig wieder mitnehmen. Katzen haben wir hier genug", meinte der Enkel, und die beiden Alten nickten dabei zustimmend mit dem Kopf.

Meine Mama hatte schon die Hoffnung aufgegeben, dass auch sie noch zum Zuge kommen würde, als der Hofbesitzer überraschend eine der Lackdosen in die Hand nahm, sie auf den Kopf stellte und kräftig schüttelte, wohl um festzustellen, ob die Farbe in ihrem Behälter noch blubberte. „Für unsere Türen, Weib, die müssten dringend neu gestrichen werden." „Und was bekomme ich dafür?" fragte Mama zaghaft. „Wie wär's mit einem saftigen Schinken?" „Einverstanden!" jubelte Mama erfreut.

So kamen die Bienroths zu ihrem Federvieh und wir zu einem nahrhaften Schinken. Natürlich hielt der gute Schinken bei unserer großen Familie nicht lange vor. Das Künstlerpaar jedoch sollte an seinem Federvieh noch lange Freude haben, denn sie brachten es nicht übers Herz, ihm den Hals umzudrehen. So mutierten die Viecher zu verhätschelten Hausgenossen. Gemeinsam mit ihren Gastgebern bewohnten sie nun eine ausrangierte Schule. Einige Räume dieses Gebäudes hatte ihnen die Stadt Gelsenkirchen - die ihren berühmten Künstler gern in ihren Mauern halten wollte – zur Verfügung gestellt, nachdem dessen Wohnung in der Bismarckstraße durch eine Brandbombe völlig zerstört worden war. Hier konnten nun Peter, der Gockel und Lenchen, das Hühnchen, tagsüber nach Herzenslust auf dem leeren Schulhof herum scharren. Und wenn Lenchen Lust verspürte, ein Ei zu legen? Ja, dann begleitete das fürsorgliche Hähnchen sein Hühnchen die Treppen des Schulgebäudes hinauf und krähte so lange vor der Klassentür – pardon - der Wohnungstür, bis sie geöffnet wurde. Kaum aber hatte die Henne freien Zugang zum Schlafraum, flatterte sie auf Madams Bett und legte darauf ihr obligatorisches Frühstücksei.

Sie glauben mir nicht? Aber es ist tatsächlich wahr! Ich hab's mit eigenen Augen gesehen. Und dass Gockel und Hühnchen nachts im Wohnzimmer auf Bienroths alter Couch schlafen durften, versteht sich wohl von selbst. Auch, dass sie sich schon bald mit den eigenwilligen Katzen und dem Hund anfreundeten, war in dieser Wohngemeinschaft nicht anders zu erwarten.

Auf nachfolgenden gemeinsamen Hamsterfahrten heimsten die beiden Tierfreunde noch zwei äußerst beißfreudige Gänse ein. Auch Mama hatte allmählich Routine beim Hamstern bekommen und konnte hin und wieder ein mageres Stück Federvieh ergattern. Doch das landete bei uns jeweils ohne Zögern im Kopftopf, während die Bienrothschen Gänse sich nebst Hühnchen und Hähnchen geradezu unverschämt breit machen konnten vor dem neuen Häuschen einer Schrebergartenanlage, das dem verehrten Künstlerpaar inzwischen – im Tausch gegen die alten Schulklassen - von ihrer Heimatstadt Gelsenkirchen zur Verfügung gestellt worden war. Von nun an also lebten die Bienroths mit ihren heiß geliebten Hühnern, Gänsen und Gemälden in ihrem eigenen kleinen Eldorado.

Das Paradies des Malers

Es war etwa ein Jahr nach Mamas erster großer Hamsterfahrt mit ihren alten Freunden, den Bienroths. Mama hatte sich fein gemacht. Ein duftiges weißes Spitzen-Jabo flutete zwischen ihren Brüsten, während der halblange Schleier des modischen Hütchens ihre immer noch mädchenhaften Gesichtszüge mehr unterstrich als verbarg. Ach, ich liebte es, wenn Mama sich fein machte! Sie wirkte dann so ... so damenhaft. „Willst du ausgehen, Mama?" „Ja", antwortete sie, „ich möchte die Bienroths besuchen. Hast du Lust mitzukommen?" Na klar hatte ich Lust! Die Schulen hatten zwar wieder geöffnet, aber ich brauchte keine Schularbeiten machen, denn zurzeit hatten wir schließlich Ferien, und bei den Bienroths war immer etwas los.

Das neue Heim des Malers war nicht gerade groß, aber irgendwie originell mit seinen bunt bemalten Fensterläden. Es stand in einer Schrebergartenanlage am Rande von Gelsenkirchen und erschien - umgeben von alten Linden und einem dichten Gewoge von Akazien und Fliederbüschen - als gastliche Insel in einem Meer von Grün. Als wir ankamen, trat der Hausherr gerade in den Garten hinaus. Es war früher Nachmittag. Die Sonne beleuchtete von einem mild-blauen Himmel herab die idyllische Szenerie. Da stand er nun, der Meister, mit seiner graumelierten wilden Künstlermähne - den blauen Morgenmantel fest um seinen Leib geschlungen - stand da und schnupperte die würzige Sommerluft, begrüßte die laut klappernden Gänse, die zutraulich näher kamen, sprach mit Lenchen, dem Hühnchen und Peter, dem Hahn, die ihm mit leisem tok-tok-tok, antworteten und kraulte Wölfi, den weißen Spitz, der mit seiner kalten Schnauze ungestüm gegen seine nackten Beine stupste.

„Kommen Sie nur ins Haus", rief er einladend. Doch wir zögerten, denn die Gänse zischten uns allzu bedrohlich an. „Nur keine Bange", lachte der Hausherr. „Ich werde die Gänse schon im Schach halten." Mit ihm an der Seite betraten wir unbeschadet sein Reich und durchquerten den lang gestreckten Korridor

- dieses Exil zahlreicher Gemälde. Als Bienroth mein noch recht laienhaftes Interesse an seiner Malerei bemerkte, versuchte er, mir einiges über die bildende Kunst im Allgemeinen und die großen Meister im Besonderen zu erklären. Er zählte so viele berühmte Werke von berühmten Künstlern auf, dass mir allmählich der Kopf summte.

„Mein Lieblingsmaler", schwärmte der Hausherr dann, „das ist Goya. Seine *nackte Maya* ist einer der schönsten Akte, den ich kenne." Kaum aber hatte er das Wort *Akte* ausgesprochen, erschien seine Ehehälfte auf dem Plan, und schon ging der Streit los. „Untersteh dich, Alter! In mein Haus kommt mir kein Aktmodell. Mit solchen Schweinereien will ich nichts zu tun haben. Und überhaupt, Menschen kannst du sowieso nicht malen. Bleib lieber bei deinen Blumenbildern, die sind eher was für dich!"

Fürchtete Madam etwa, ihr Mann wolle *mich* als Aktmodell gewinnen? Vorsichtshalber ging ich ein wenig auf Distanz. Doch der Streit eskalierte auch ohne mein Zutun. Ein Wort ergab das andere, eins entzündete sich am anderen. Er brüllte, sie keifte. Die Mama schwieg - sie kannte diesen Zirkus schon. Kaum aber hatte der Meister seinen Vorrat an Schimpfworten erschöpft, sprang er auf und rannte geräuschvoll aus dem Haus. Allgemeines Seufzen der Erleichterung! Die Hausfrau - plötzlich ganz aufmerksame Gastgeberin - servierte den Tee. Man redete, lachte, amüsierte sich und sog begierig die herzerfrischende Atmosphäre dieses Hauses auf. Es dauerte nicht lange, da kam der Maler wieder herein, stellte sich - als wäre nichts gewesen - an die Staffelei und tupfte mal hier, mal dort noch ein bisschen Farbe auf ein halb fertiges Blumenbild.

Scheinbar teilnahmslos saßen die Katzen auf der Marmorplatte des schönen, mit schwarzem Schmiedeeisen verzierten Ofens. Ach, ich durfte gar nicht daran denken, dass dieses Schmuckstück vor kurzem noch unserem eigenen Heim Glanz und Wärme verliehen hatte. In einem Anflug von Großzügigkeit hatte Mama das gute Stück den Bienroths vererbt. Warum nur, um Gottes Willen? Wir hingen doch alle an diesem alten Allesbrenner, der all die vergangenen Jahre hindurch unser Wohnzimmer so warm und gemütlich gehalten hatte. Die Mama aber fand, sie brauche den Platz, den dieser doch recht umfangreiche Ofen einnahm, um ihre Büroecke erweitern zu können. Der Schriftkram für den Handwerksbetrieb nahm nämlich immer mehr zu, auch wenn die Arbeitsaufträge in diesen miesen Zeiten eher spärlicher wurden. Nun also zierte das Prunkstück in geradezu unverschämter Weise den Wohnraum der Bienroths. Natürlich hatten die Katzen die Deckplatte aus Marmor, die den wunderbaren Ofen zierte, gleich zu ihrem Lieblingsplatz erkoren. Von dort her beobachteten sie aus schrägen Augenwinkeln jede Bewegung des Meisters, während er mit seinem Pinsel an der Leinwand herumwerkelte. Plötzlich aber – ohne jede Vorwarnung - sprang Felix, dieser fette Kater, mit einem Satz vom Ofen auf die Schulter seines Herrn. Vor lauter Schreck fiel dem der Pinsel aus der Hand. Doch damit nicht genug, hechtete das Viech anschließend von der Schulter des Malers mitten hinein in das gerade fertig gestellte Bild. Da verlor der Meister die Beherrschung. „Himmelherrgottsakra", schrie er aufgebracht, „diese verdammten Katzen! Sie ruinieren mir meine ganze Arbeit! O, ich könnte die Biester zum Teufel jagen!"

Gretchen aber, sein teures Weib, hörte gar nicht hin. Sie wusste genau, ihr Göttergatte liebte seine Stubentiger heiß und innig und würde ihnen niemals auch nur ein einziges Haar krümmen. „Hör mal, Alter", sagte sie, nachdem er sich einigermaßen beruhigt hatte und gottergeben daran ging, den angerichteten Schaden wieder auszubessern, „ich werde jetzt mit unseren Besuchern zum Cafe' Stallmann gehen. Was sollen wir bei diesem schönen Wetter hier herumhocken? Du kannst ja nachkommen, wenn du mit deiner Pinselei fertig bist."

„Aber Gretchen, ich hab doch keinen sauberen Kragen für mein Hemd! Und ohne kann ich mich ja nicht gut in einem öffentlichen Café blicken lassen!" „Ach, Quatsch", meinte seine Holde ungerührt, „natürlich kannst du, du Vollidiot." „Binde dir einfach einen Schal um den Hals, dann merkt kein Aas, dass dein Hemd keinen Kragen hat." Und bevor er dagegen protestieren konnte, strebte seine Liebste mit uns bereits dem traditionsreichen Kaffeehaus in der Arminstraße entgegen.

Bei dem schönen Sommerwetter saßen die meisten Gäste draußen in dem herrlichen Garten. Ein zitternder Hauch von weißem Irisstaub hing in der heißen Luft. Die leuchtend gelben Sonnenschirme tanzten auf und nieder wie riesige Zitronenfalter. Wir ließen uns an einem der runden Tischchen nieder und bestellten jeder eine Tasse heißer Schokolade. Allzu gern hätte ich auch ein Stück Kuchen dazu gegessen – die Stallmanns waren berühmt für ihre mit Sahne gefüllten Schillerlocken - dafür aber fehlten uns die erforderlichen Lebensmittelmarken. Um mich von meinen geheimen Gelüsten abzulenken, beobachtete ich ungeniert den Nachbartisch. Die alte Frau dort, die las so, als wenn sie mit der Nase jede einzelne Zeile unterstreichen wollte. Sämtliche Zeitschriften hatte sie für sich in Anspruch genommen. Jetzt aber legte sie die Lektüre beiseite und lauschte begierig den lebhaften Gesprächen, die Gretchen Bienroth mit Mama führte.

Es dauerte nicht allzu lange, da erschien auch Meister Bienroth, eingehüllt in eine Duftwolke von Ölfarbe und Terpentin. Seine graue Künstlermähne umwehte effektvoll sein markantes Gesicht, die Brille saß tief auf der Nase, seine blau-grauen Augen unter den buschigen Brauen glänzten, als habe er sich frisch verliebt. Tatsächlich trug er ungeachtet des warmen Wetters einen dicken, roten Wollschal um den Hals, doch erregte er damit bei den übrigen Gästen nur diskretes Aufsehen. „Na, siehst du, Alter", rief sein Gretchen ihm lautstark entgegen, „hab' ich es dir nicht gesagt, wenn du einen Schal umtust, merkt kein Aas, dass du keinen Kragen umhast." Spätestens jetzt waren die Blicke aller Anwesenden auf den stadtbekannten Maler gerichtet, wanderten dann von ihm zu seiner Frau, die sich geschmeichelt in der allgemeinen Aufmerksamkeit sonnte. Und er? Er setzte sich brav wie ein Bernhardinerhund an unseren Tisch und streichelte zärtlich die Hand seiner Frau.

„Hör mal, Eva", wandte sich nun die Frau des Malers an mich, und ihre Stimme wurde ernst. „Der Alte und ich, also wir wollen für eine Woche nach Berlin fahren. Da haben wir vor Jahren wegen der Luftangriffe einen Teil unserer Bilder bei Freunden untergestellt. Zum Glück haben sie dort den Krieg überstanden. Jetzt wollen wir sie zurückholen. Würdest du während dieser Zeit auf unser Häuschen und die Tiere aufpassen?"

„Das mache ich doch gern", stimmte ich zu und freute mich schon auf eine Woche Ferien in diesem kleinen Paradies. Wie hätte ich auch ahnen können, was dabei auf mich zukommen würde? Zunächst ließ sich ja alles durchaus gut an. Ich hatte mein Waschzeug mitgenommen, meine Bücher und meine gute Laune. Und die Tiere empfingen mich durchaus freundlich; der Hund sprang aufgeregt an mir hoch, die Katzen strichen neugierig um meine Beine, der Hahn ließ mir zu Ehren seinen Kamm schwellen und die Hühner machten leise tuck-tuck-tuck. Nur die Gänse schenkten mir keinerlei Beachtung. Nachdem der Hund mir die Wurst vom Brot stibitzt hatte, das Federvieh versorgt und die Katzennäpfe gefüllt waren, wollte ich den Tag ruhig angehen lassen.

Ein merkwürdiges Dämmerlicht erfüllte den Wohnraum. Die Luft über dem Garten flirrte. Ein leichter Windhauch bewegte die Blätter der Bäume, jagte helle Lichtreflexe durch die Fenster und ließ sie an den Wänden des Zimmers auf und ab tanzen. Dies sollte für mich die Stunde der Entspannung werden. Ich kramte Hemingways *Fiesta* aus meiner Tasche und ließ mich in einem der abgewetzten Sessel nieder. Doch zum Lesen kam ich nicht. Die verflixten Katzen schienen mich als Kletterbaum zu betrachten und wetzten genussvoll ihre Krallen an meinen nackten Beinen, dass mir um meine Haut angst und bange wurde. Wär's nicht besser, wenn ich *meine* Siesta im Garten abhalten würde? Dagegen aber schienen die Gänse was zu haben. Sie empfanden mich als Eindringling in ihrem Revier und verdarben mir mit ihrem aufdringlichen Geschnatter die Freude an diesem grünen Eldorado. Und als ich gar in dringenden Geschäften dem Häuschen mit dem Herzchen am Ende des Gartens zustrebte, reagierten die Gänse besonders wütend. Ihre Schnabelhiebe trafen mich wie spitze Dolche, sodass ich mich schließlich nur noch mit einem Stock bewaffnet auf dieses blöde Scheißhaus wagte.

Spätestens jetzt ahnte ich - es gibt kein perfektes Paradies, keinen Ort, an dem man seine Sehnsüchte stillen, seinen Frieden findet konnte! Nur Wölfi, der weiße Spitz, wiegte mich noch in trügerische Ruhe. Er lag den lieben, langen Tag in seiner Ecke vor dem erkalteten Ofen, schlief den Schlaf der Gerechten und öffnete nicht einmal ein Auge, wenn der Postbote am Gartenzaun auftauchte. Nein, ein guter Wachhund war er nicht. Folglich durfte ich auch nicht wagen, das Grundstück zu verlassen. Heiliger Strohsack! So konnte es doch nicht weitergehen! Da saß ich nun hier – mutterseelenallein - umgeben von Viechern, die nichts Gutes mit mir im Sinn hatten. Wohin konnte ich mich zurückziehen? Ins Schlafgemach der Bienroths etwa? Darin hatte ich eigentlich nichts zu suchen, mein Lager war auf der Wohnzimmer-Couch aufgeschlagen. Aber was tut man nicht in seiner Not? So fand ich mich plötzlich in der Intimität eines fremden Schlafzimmers wieder und schaute mich mit neugierigen Kinderaugen um. Man merkte, die Frau des Hauses wollte sich nicht den Nichtigkeiten des Lebens ausliefern. Sie fürchtete wohl die Einengung des Geistes, die Abstumpfung der Seele durch Putzen und Aufräumen, und das schlug sich auf ihre Umgebung nieder: In Schubläden und Schränken herrschte ein geniales Durcheinander, auf den Möbeln flockte der Staub, über den Stühlen hingen Strümpfe, Schlüpfer, Schnupftücher, und der Fußboden war übersät mit angelesenen Büchern.

Ich weiß, es war einfach lachhaft – aber in kindlichem Eifer versuchte ich, ein wenig Ordnung in das Chaos zu bringen. Dabei bin ich eigentlich gar nicht der Typ, der Ordnung liebt, aber ich hatte ja Zeit - Zeit, die ausgefüllt und durch gestanden werden musste. Später jedoch sollte sich zeigen, dass die Hausfrau meinen Eifer keineswegs zu schätzen wusste. „Wer hat dir erlaubt, in meinen Schränken herum zu kramen?" keifte sie, als sie von ihrer Berlinreise zurückkehrte. „Du wolltest mich wohl vor meinem Alten als Schlampe hinstellen, was?"

Nein, das hatte ich nicht gewollt. Ich hatte wohl noch viel zu lernen! Und ich hatte, Gott sei es geklagt, noch weitaus Schlimmeres zu beichten. Nämlich, in der Nacht vor Bienroths Rückkehr ist so ein hundsgemeiner Dieb über den Gartenzaun geklettert, hat sich in den Hühnerstall geschlichen und hat dort das schlaftrunkene Lenchen buchstäblich von der Stange gepflückt, um ihm die Gurgel umzudrehen. Ausgerechnet Lenchen, das Lieblingshühnchen, das auf Kommando Küsschen gab! Ausgerechnet Lenchen, das jeden Tag, den Gott werden ließ, ein frisches Ei legte! Ausgerechnet Lenchen, das die Bienroths auf ihrer allererster Hamsterfahrt im Tausch gegen ein besonders farbenfrohes Ölgemälde erworben hatten! Und die Gänse, diese sonst ewig wachsam kreischenden Vögel, was haben die getan? Nichts, rein gar nichts! Statt lauthals Alarm zu schlagen, haben sie ausnahmsweise mal ihre Schnäbel gehalten. Und Wölfi, der Wachhund? Natürlich, der hat den Überfall einfach verschlafen! Was konnte man von ihm auch schon anderes erwarten? Aber Peterle, Lenchens wackerer Gefährte, den hatte vor Schreck der Schlag getroffen. Da lag er nun, seine Krallen anklagend 'gen Himmel gereckt und rührte sich nicht mehr. Nicht mal als Braten ließ er sich verwenden, dazu war er einfach schon zu zäh. Können Sie sich vorstellen, wie mir zumute war, als ich den ahnungslosen Heimkehrern das schrecklichen Geschehen beichten musste?

„Himmelherrgottsakra! Du dummes Gör! Konntest du nicht besser aufpassen?"

Nein, konnte ich nicht! Wie denn auch? Und so verließ ich - während der große Meister mit schwarzem Anzug und Zylinder am Grabe des armen Hähnchens eine Trauerandacht hielt - gesenkten Hauptes das kleine, verstörte Paradies.

Die lieben Verwandten

Das Jahr 1946 hatte begonnen. Noch immer war unsere Schule geschlossen. Noch immer mussten wir für unsere Lebensmittel Schlangestehen - sie reichten hinten und vorne nicht. Und immer noch verweigerten die Behörden meiner Familie den schon seit langem geplanten Anbau von Toiletten am Haus. Also mussten wir weiterhin die dürftigen Klos am Ende des Hofes aufsuchen. Trotzdem kehrte unsere Lebensfreude, unser Lebenswille zurück. Wir waren ja nicht allein mit den Widrigkeiten des Nachkriegsalltags. Wir rückten enger zusammen mit den Nachbarn, den Freunden, besonders aber mit den Verwandten, die ein prägender Teil meiner Kindheit waren.

Vieles aus dieser Zeit liegt für mich inzwischen im Dunkeln. Anderseits aber gibt es auch Bilder von großer Klarheit. Meine Onkeln, meine Tanten, das sind keine erstarrten Gesichter auf Familienfotos - in meiner Erinnerung sind sie noch höchst lebendig. Zum Beispiel Onkel Jan und Tante Trude – er, ein Bruder meiner Mutter, sie, die Schwester meines Vaters, bei deren Verlobungsfeier sich meine Eltern kennen gelernt hatten.

„Na, du kleiner Köttelkamp? Bist du mal wieder da?" Typisch Onkel Jan, für den alle Kinder *Köttelkämper* waren, und dessen Begrüßung stets so herzhaft deftig ausfiel. Ich fuhr gern zu ihm nach Altenessen, weil ich seine Art von Humor verstand, und weil ich mich bei Tante Trudes rührig mütterlicher Art wohl fühlte. Der alte Ohrensessel mit der handgehäkelten Schlummerrolle strahlte Behaglichkeit aus. Das Schlafen auf der Besuchsritze im Ehebett nach eingeübtem Ritual im „Löffelliegen" – *jetzt alle nach rechts drehen und jetzt nach links* – hatte etwas Herzergreifendes an sich. Man gehörte dazu. Nicht zu vergessen, Onkel Jans Kommando: „So, kleiner Köttelkamp, ab mit dir auf den Eimer! Ich brauche Dünger für meine Tabakpflanzen auf dem Grabeland am Friedhof." Das hatte was Bodenständiges an sich. Ach ja, mein Onkel Jan! Er war hager, brummig, laut, urig, saftig. Oftmals aber hatte er auch diesen melancholischen Ausdruck in den Augen, als ob er sich ständig um die ganze Welt sorgen würde. Dann wieder wechselte seine Stimmung, wechselte sein Ausdruck, und man spürte den Schalk in seinem Nacken. In seinen Augenwinkeln nisteten kleine Falten, die Augen selbst sahen schärfer, als man beim ersten Blick vermutete. Den typischen, familiären Rodenstockschen Intellekt versuchte er hinter einer leicht sarkastischen Mauer zu verbergen. Ach ja, mein guter Onkel Jan! Er war ein unverbesserlicher Heide mit einem Herzen so schwarz wie seine Gewohnheiten.

Und Tante Trude, sein Eheweib? Auf den ersten Blick erschien sie wie das genaue Gegenteil ihres Angetrauten. Und doch bildeten beide eine untrennbare Einheit. Ja, Tante Trude hatte etwas Warmherziges, zutiefst Erdiges an sich. Sie lachte gern und viel. Mit ihrem angeborenen französischen Charme – ihre Vorfahren väterlicherseits sollten aus Frankreich stammen, natürlich ebenso wie die meines Vaters, der ja ihr Bruder war - verbreitete sie eine richtige Wohlfühl-Atmosphäre. Wenn Tante Trude mich an ihren weichen Busen drückte, dann fühlte ich mich rundum zufrieden. Nie habe ich mich bei ihr gelangweilt. Als ich noch klein war, hat sie extra für mich einen Spielekasten angeschafft, mit dem ich mich stundenlang beschäftigen konnte. Da wurden Dominosteine zu prachtvollen Bauten, mutierten Mensch-ärgere-dich-nicht-Figuren zu allen möglichen und unmöglichen Wesen, die sich allesamt zu einer phantastischen Geschichte verbanden.

In diesen Hungerjahren nach dem Krieg zelebrierte Tante Trude mit ihren Besuchern ein Spiel der besonderen Art. Irgendwoher hatte sie einen Sack Roggenkörner ergattert. Seitdem musste jeder Gast eine Partie „Mensch-ärgere-dich-nicht" spielen, das hieß, mindestens eine Kaffeemühle voll Körner mahlen. Aus diesem Schrot zauberte Tante Trude einen Waffelteig, den sie mit einem schaurig rot gefärbten Heißgetränk versüßte, der ohne Marken zu haben war. Doch egal, wie gründlich man vorher das Waffeleisen mit einer alt gedienten Speckschwarte einrieb, nach dem Backen klebte der vermaledeite Teig eisern am Eisen fest. Und so wurde die nächste Runde des Mensch-ärgere-dich-nicht-Spiels eingeläutet. Mit viel Geduld und einer Gabel bewaffnet, durfte sich jeder seine Waffelstückchen häpchenweise selbst aus der Form herauspulen.

Dann gab's da unter meinen Verwandten noch den Onkel Martin. Er war der Mann meiner Patentante Hetty. Ja der, der mich damals als Sechsjährige im Keller eingesperrt hat, nur weil ich mit meinen Schuhen ein bisschen Lehm vom Baugrund nebenan ins Haus getragen hatte. Inzwischen hab ich's ihm längst verziehen - schon meiner Tante zu Liebe - doch vergessen, nein, vergessen habe ich es nicht! Dieser Onkel Martin war ein ganz anderer Mensch als Onkel Jan. Im Krieg hat er als Versorgungsoffizier wie eine Made im Speck gelebt. Natürlich hat er da so manches für seine Familie organisieren können. Aber die Verwandtschaft, die hat er nicht bedacht. Nein, so ein Mensch war er nicht. Er war eben ein Beamter durch und durch. Hat seinen Doktor in – ach, was weiß ich - gemacht. Jedenfalls hat Tante Hetty seine Dissertation auf der Schreibmaschine getippt und vielleicht hat sie diese dabei wohl auch ein bisschen aufpoliert. Na ja, jedenfalls hat er damit wohl auch im Rathaus seiner Stadt die Karriereleiter erklommen.

Nach dem Krieg aber ließ man ihn nicht in die Verwaltung zurück, weil er Parteigenosse gewesen ist. Aber was hätte er damals denn tun sollen? Ohne Parteibuch lief ja nichts in den höheren Etagen, und seine Karriere war ihm wichtiger als die Welt um ihn herum. Nun bekam er halt die Quittung – er musste auf seinen vorgewärmten Platz im Rathaus verzichten – jedenfalls ein Jahr lang, dann war seine Weste auf geheimnisvolle Weise wieder rein. Zuvor hatte man ihm als Übergang Arbeit in einer Zeche angedient. Kohlen wurden ja dringend gebraucht für den Wiederaufbau, und so wurde jeder, der im Ruhrgebiet lebte und noch keine Stelle gefunden hatte, zum Bergbau verpflichtet. Doch ausgerechnet Onkel Martin mit seinen zwei linken Händen als Kumpel im Pütt? Unvorstellbar! Mama besorgte ihm eine Stelle als Bürokraft bei einer Lampenfirma in Gelsenkirchen. Dort erschien er nun – egal wie das Wetter war – Tag für Tag in einem langen Regenmantel, mit einem steifen Hut auf dem Kopf, den Regenschirm unterm Arm und trug dabei seinen Doktortitel wie einen Heiligenschein vor sich her. In der Mittagszeit aber tauchte er regelmäßig wie ein Uhrwerk bei uns auf und ließ sich wie selbstverständlich von Mama das Mittagsmahl servieren, nicht fragend, wo sie in diesen schlechten Zeiten die Lebensmittel dafür hernehmen sollte.

Und Tante Traudchen, die älteste Schwester von Mama? Ach die? Die war ein echtes Arbeitstier. Bescheiden und großzügig, lebensfroh und fromm. Neun Kinder hat sie großgezogen. Während ihr Mann als Bäckermeister in der Backstube den Ofen bediente, stand sie am Küchenherd, sang fromme Lieder und kochte so ganz nebenbei das Mittagessen nicht nur für ihre Familie, sondern auch noch für die zahlreichen Bäckergesellen. An manchen Tagen saßen bis zu zwanzig Personen um ihren Mittagstisch. Doch nie wurde ihr der Rummel zu viel. Sobald das Tischgebet gesprochen war, überkam sie eine große Ruhe. Diese Gläubigkeit, dieses Gottvertrauen hat mich immer sehr berührt. Selbst, nachdem Tante Traudchen ihren Mann bei einem heimlichen Tete-a-tete mit der Nachbarin erwischte und er dabei vor Schreck an einen Schlaganfall starb, verlor sie weder ihren Glauben, noch ihren Lebensmut. Während ihr ältester Sohn die Bäckerei weiterführte, lenkte sie wie eh und je den großen Haushalt mit leichter Hand. Selbst unverhoffter Besuch konnte sie nicht aus der Ruhe bringen.

Natürlich tauchten auch wir Gelsenkirchener häufig bei ihr in Bottrop auf. Zum einem, weil Mama sehr an ihrer ältesten Schwester hing, zum andern, weil wir Kinder auf dem Gelände der Bäckerei so herrlich Verstecken spielen konnten. Besonders aber lockte uns die Tatsache, dass wir stets eine große Tasche voll Brot und Gebäck mit nach Hause nehmen durften. Trotz oder vielleicht auch wegen ihres arbeitsreichen Lebens sollte Tante Traudchen steinalt werden und dabei höchst agil bleiben. Mit über Sechzig Jahren fühlte sie sich noch jung genug, um sich zur Schützenkönigin küren zu lassen. Und bis ins hohe Alter von achtzig Jahren fegte sie im Kreise ihrer Freundinnen außerdem

so manches Mal alle Neune in ihrem Stammlokal von der Kegel-
bahn.

Von ganz anderer Art war Tante Klara. Im Gegensatz zu ihrer bodenständigen Schwester Traudchen verkörperte sie mehr
den intellektuellen Typ. Dank ihres für die damalige Zeit so aufgeschlossen Vaters hatte sie als Frau bereits um die frühere
Jahrhundertwende Mathematik und Biologie studieren können.
War das vielleicht der Grund, warum sie so abgehoben war und
sich so sehr in mystische Gefilde hinein verstiegen hat? Den
Hang dazu hatte sie wohl schon in jungen Jahren gezeigt. Deshalb war sie auch als Novizin in ein Kloster eingetreten. Aus
gesundheitlichen Gründen musste sie jedoch - noch bevor sie
ihr Gelübde ablegen konnte - das Kloster wieder verlassen.
Aber auch als spätere Studienrätin blieb sie eine dreihundert-
prozentige Katholikin, die besonders inbrünstig dem Marienkult
huldigte. Man erzählte gar, dass ihr schon zweimal die Jungfrau
Maria leibhaftig erschienen sei.

Ist es da verwunderlich, dass ihre Nichten und Neffen in ihrem Leben keine Rolle spielten? Trotzdem hatte ich mich nach
dem Krieg eines Tages entschlossen, sie in ihrem Haus in
Münster, das sie gemeinsam mit ihrer Freundin Agathe be-
wohnte, zu besuchen. Dabei wollte ich natürlich nicht wieder
wie vor Jahren als Vierzehnjährige Schülerin die Frage aufwer-
fen, ob der Mensch vom Affen abstamme. Vielmehr hatte ich
vor, mit ihr über einen Bericht zu sprechen, der mir in jenen Tagen in die Hände gefallen war. In den Dreißiger Jahren hatte
Tante Klara nämlich als Biologielehrerin an einer deutschen
Klosterschule in Brasilien gearbeitet und während dieser Zeit
einen Bericht verfasst über eine Fahrt durch die subtropische
Landschaft Südbrasiliens in eine niederdeutsche Kolonie. Er
begann mit wunderbaren Schilderungen über seltene Pflanzen
und Tiere und die geheimnisvolle Schönheit der tropischen Natur:

„Mächtige Bananenstauden, deren breitflächige Blätter um
diese Jahreszeit in zartem Gelbgrün leuchten, geben dem

Wohnidyll der einfachen Bambushütten kühlen Schatten. Neben dunkelroten verheißungsvoll schwellenden Blütenständen an einigen Stauden bieten sich andere üppige reife Fruchtstände dem Genuss dar. Die gesündeste Nahrung wächst dem Hüttenbewohner geradezu in den Mund, ohne dass er zu ihrem Wachstum das Geringste beiträgt. Paradiesische Zustände."

So zog sich die poesietrunkene Beschreibung über mehrere Seiten hin. Hatte ich zunächst diesen Bericht mit Bewunderung verschlungen, so irritierte mich doch zunehmend die herabwürdigende Art, in der Tante Klara gegen Ende des Briefes der *„primitiven Lebensart der Eingeborenen"* die *„hohe deutsche Art und Sitte"* gegenüber stellte, die sie in einer deutschen Kolonie inmitten des Urwalds entdeckt hatte. In dieser kleinen Ansiedlung gab es neben den Siedlungshäusern und der katholischen Kirche auch eine größere Pfarrschule, die sie mit ihrer Gruppe besuchte. Darüber schrieb sie:

„Da sitzen sie vor uns in ihrer Klasse, die etwa 40 Jungen und Mädchen, diese Nachfahren eines Geschlechts, die alle noch deutsche Namen tragen. Die Sonne des Südens hat auch in der Geschlechterfolge nicht den germanischen Habitus ändern können: Blau sind die Augen, blond das Haar, rosig zart wie ein sommerlich reifender Pfirsich die jugendfrische Haut der deutsch-brasilianischen Urwaldkinder. Und sie lernen die gleichen wohlbekannten Lieder, Sprüche und Gedichte: Du, deutsches Kind, sei tapfer, treu und wahr, lass nie die Lüge deinen Mund entweihen!"

Ja, von den Vorzügen der germanischen Rasse war die Rede, die den niederen Rassen der Eingeborenen haushoch überlegen sei und von der Sorge, dieses deutsch-germanische Blut und dieses deutsche Geistesgut zum Ruhme des deutschen Vaterlandes zu erhalten. Ich war entsetzt. Wie passte diese Gesinnung zu Tante Klaras üblicher Frömmigkeit? Waren die Eingeborenen in ihren Augen nicht ebenso Geschöpfe Gottes wie die Deutsch-Brasilianer? Hatten die Parolen der Nazis bereits zu Beginn der Dreißiger Jahre auch in ihrem Kopf ihren

Niederschlag gefunden? Wie konnte das geschehen? Sie war doch eine intelligente, viel gereiste Frau! Hatte auch sie sich von den Nazis so täuschen lassen? Oder hatte sie den Bericht speziell für die deutschen Reichs-Behörden geschrieben, von deren finanzieller Unterstützung sie für ihre Expedition vielleicht abhängig war?

Ich hätte gern mit ihr darüber geredet. Doch was hatte ich eigentlich erwartet? Es kam kein wirkliches Gespräch zustande, obwohl sich Tante Klara und ihre Freundin durchaus gastfreundlich gaben. Ich wurde in ihren Biedermeier-Salon gebeten, in dem eine ältere Frau das Essen servierte. „Das ist unser Trienchen!" sagte Tante Klara. „Sie ist aus dem Osten zu uns herüber gekommen. Trienchen ist eine echte Perle, und wir sind glücklich, dass wir sie haben."

Die „echte Perle" wurde ganz verlegen bei diesem Lob und wollte sich diskret zurückziehen. Rückwärts schreitend bewegte sie sich auf die Tür zu und murmelte dabei devot: „Wünsche den Damen wohl zu speisen." Beinahe wäre ich losgeplatzt vor Lachen, beherrschte mich jedoch im letzten Moment. Doch konnte ich nicht verhindern, dass mir vor unterdrücktem Gigerln die Gabel auf den Teller fiel und die Bratensoße dabei auf die blütenweiße Tischdecke spritzte. „Verdammt", schrie da Tante Klaras Freundin unheilig auf. „Konntest du nicht aufpassen?"

„Ach", besänftigte sie Tante Klara, „das ist doch halb so schlimm. Trienchen kann die Decke ja wieder waschen."

Unter all meinen Verwandten darf Tante Martha nicht vergessen werden. Wegen der räumlichen Nähe spielte sie zu allen Zeiten eine besondere Rolle in unserem Leben. Schließlich befanden sich ihr Milchladen und ihre Wohnung in unserem Haus. Vor mir liegen zwei Fotos von ihr. Das eine zeigt sie als junge Frau, das andere im Alter von etwa achtzig Jahren. In Größe, Umfang, ja selbst in der graden Haltung sind die Bilder einander ähnlich. Aber das Gesicht, das Gesicht! Wie doch das Leben ein Gesicht verändern kann! Auf dem ersten Bild schaut

mich eine junge Frau an mit einem starken Antlitz - das Kinn ist
fest, die Nase grade und bestimmt. Der leicht geschwungene
Mund hat etwas Liebenswürdiges, wie ein verborgenes Lächeln. Nur die dunklen Augen sehen ein wenig zu ernst aus.
Wüsste man es nicht, man glaubte kaum, dass das zweite Bild
dasselbe, nur gealterte Gesicht darstellt. Der Mund hat sich
auseinander gezogen, die Lippen sind ganz dünn geworden,
das Kinn scheint kürzer und breiter. Es ist, als sei die starke
Nase eingesunken, von allen Seiten sind die Falten und Run-
zeln gekommen. Still Ertragenes, hier spricht es! Geheimer
Kummer, hier tritt er zu Tage! Ungesprochene Worte – der
Mund scheint bitter von ihnen geworden. Aber die Augen, die
Augen, die in der Jugend so ernst, fast traurig blickten, die Augen lächeln nun. Sie scheinen nur kleiner geworden zu sein unter schwer hängenden Lidern, aber sie lächeln mit solcher
Liebe, als habe sich der Schatz an zeitweise verborgen gehal-
tener Güte nicht vermindert, sondern vermehrt. Was hat diesen
Wandel bewirkt?

Wenn Tante Martha früher auch schimpfen konnte wie ein
Marktweib und sich manchmal wie ein Kinderschreck gebär-
dete, so hatte sie doch stets ein weiches Herz. Sie hat allemal
die Partei der kleinen Leute ergriffen. Deren Nöte machte sie zu
ihrem Anliegen und passte sich den Wünschen derjenigen an,
die mit dem auskommen mussten, was sie hatten. Sie verzich-
tete daher beim Einkauf auf teure Lebensmittel, reduzierte ihre
Gewinnspanne und genehmigte sich gerade so viel, dass sie
auf niemanden angewiesen war und ihren kleinen Milchladen
fortführen konnte. Natürlich durften die Kunden auch bei ihr an-
schreiben lassen, selbst wenn sie ahnte, dass einige von ihnen
die Schulden nie würden bezahlen können. Seelenqualen aber
litt sie, wenn eine verzweifelte Mutter darum bettelte, ihr einen
Extra-Schoppen Milch zu geben, weil die Milchmarken der Woche längst verbraucht waren und sie nicht wusste, wie sie ihre
Kinder satt bekommen sollte. Tante Martha konnte dann nicht
nein sagen. Und so kam es, dass manchmal die Milch nicht
mehr reichte für die letzten Kunden, die aber kraft ihrer Lebensmittelmarken auf ihrer Zuteilung bestanden. In ihrer Not kam die

Ärmste da auf die Idee, die kostbare Milch mit ein wenig Wasser zu verlängern. Natürlich lebte sie nun ständig in der Furcht, eines Tages beim Milchpanschen erwischt zu werden. Sie ahnte, man könne sie deswegen ins Gefängnis stecken und obendrein den Laden dicht machen. Und wovon sollte sie dann leben? Sie hatte nicht einmal Rentenmarken geklebt.

Nie aber hätte Tante Martha ihren Laden freiwillig aufgegeben. Und wirklich, die Entscheidung, aufzuhören, kam nicht von ihr. Eines Tages hat man sie tatsächlich beim Verwässern ihrer Milch ertappt. Jetzt schien alles über ihr zusammenzubrechen. Doch sie wollte nicht zulassen, dass man ihren Laden dicht machte. In ihrer Not überschrieb sie das Geschäft ihrem Neffen, der gerade aus der Kriegsgefangenschaft zurückgekehrt war und ihre Ängste noch geschürt hatte. Ihre Sorgen jedoch waren unbegründet. Die Kontrollbehörde hatte weder vor, ihr den Laden wegzunehmen, noch sie wegen der Milchpantscherei im kleinen Maße ins Kittchen zu stecken. Die Sache wurde einfach wegen Geringfügigkeit eingestellt. Der Neffe aber wollte den Laden nicht mehr hergeben. Nun fühlte die gute Tante sich betrogen, zürnte ihrem Neffen, dem lieben Gott und der ganzen Welt.

Mit der Zeit jedoch fand sie wieder Trost im Glauben. Sie verzieh ihrer Konkurrenz, die sie bei den Behörden angeschwärzt hatte, verzieh ihrem Neffen, der nun ihren Laden besaß und betete für alle Menschen aus ihrem Umkreis. Im gesegneten Alter von Einundachtzig Jahren ist sie dann in Ausübung ihres Glaubens bei der Verteilung von Kirchenblättchen in ihrer alten Eichsfelder Heimat friedlich gestorben.

Meine Schule und ich

Endlich ging der Schulunterricht wieder los. Doch das frühe Aufstehen fiel mir inzwischen schwer. Schon halb Acht! Hastig packte ich meine Sachen zusammen und dann nichts wie raus. Wer glaubte, meine Eile sei ein typischer Fall von Vorfreude, irrte sich. Reiner Zeitmangel war der Grund meines schnellen Abgangs. Ich war wieder einmal zu spät dran. Dabei stand heute in der ersten Stunde eine Englisch-Arbeit an, für die ich mich – wie üblich - nicht ausreichend vorbereitet hatte. Wenn ich da noch zu spät käme, wäre die nächste „Fünf" fällig. Also machte ich mich startklar für einen neuen Rekord im Tausend-Meter-Lauf, rannte die Ziethenstraße entlang, dann ein Stück durch die Dessauer Straße, um endlich in die Ückendorfer Straße einzubiegen, wo nach dem Krieg unsere Mädchen-Mittel-Schule provisorisch in einer vergammelten ehemaligen Sonderschule aus dem vorigen Jahrhundert untergebracht war, jedenfalls so lange, bis die Militärverwaltung den ehrwürdigen Prachtbau unserer alten „Mädchen-Mittelschule" in der Stadtmitte wieder räumen würde. Von einem Plakat, das unübersehbar an der Schulmauer pappte, verkündete eine junge Frau mit schiefem Lächeln, dass nichts weißer wäscht als Persil. Die hatte vielleicht Sorgen!

Als ich außer Atem den Schulhof überquerte, stieß ich mit Christina zusammen. „Scheiß-Schule", knurrte sie. „Scheiß-Englisch-Arbeit!", murrte ich. Durch eine Seitentür erreichten wir die Eingangshalle. Sofort umfing uns die typische Schulatmosphäre - links den Flur entlang hingen die Jacken der Schülerinnen, rechts drang aus den noch offen stehenden Türen der Klassenzimmer Geschrei und Gelächter. Als die Schulglocke schepperte, saß ich bereits in meiner Bank. Die Hetze war vergessen, und mit aufmerksamem Blick erwartete ich den Eintritt der Lehrerin. Wird schon werden, die Arbeit! Nur keine Bange! Was sollte man auch machen, das Leben ist eben so – mal gut, mal schlecht, mal leicht, mal schwer. Seit dem Frühjahr '46 hatte der Schulalltag uns wieder voll im Griff. Jetzt sollte alles nachgeholt werden, was wir im ersten Nachkriegsjahr - als die

Schulen noch geschlossen waren - versäumt hatten. Viele fanden die Schule ja zum Kotzen. Für mich war es nicht so. Ich war begierig, alles Wissen aufzusaugen, was uns in den letzten zwei noch verbliebenen Schuljahren geboten wurde. Es war eh nicht viel, da immer noch für einzelne Fächer die entsprechenden Lehrkräfte fehlten.

Ich sah mich in der Klasse um. Einige Mitschülerinnen gluckten paarweise zusammen und amüsierten sich damit, sich gegenseitig auf die Füße zu treten. Ihre katzengrauen oder braunen Augen blickten übermütig. Ihre Nasen glänzten fettig, manche hatten Pickel im Gesicht, so wie ich. Einige hatten bereits weiblich geformte Becken und hübsche Beine, andere hatten gar keine Hüften und dünne Storchenbeine. Mein Körper hatte sich noch nicht so recht entschieden, wie er sich entwickeln wollte. Wie mag es wohl sein, dachte ich, wenn wir nicht mehr da sind mit unserem Gelächter, unseren wirren Sätzen, unseren Ängsten, unseren heimlichen Leidenschaften, die uns wie schwere Pelze einhüllten? Hier wurden Freundschaften geschlossen, die zum Teil gar die nächsten Jahrzehnte überdauern sollten. Gleichzeitig aber war das auch eine Zeit, in der alte Seelenverwandtschaften Risse bekamen, in denen sich die einen nach rechts, die anderen nach links entfalteten. So wie die Zwillingsschwestern Recker, die zunächst unzertrennlich waren und sich so ähnlich sahen, dass nur gute Freunde sie auseinander halten konnten an kleinen Nuancen in ihrem Äußeren und ihrem Verhalten. Langsam aber entwickelten sie unterschiedliche Vorlieben und Abneigungen und drifteten immer weiter auseinander, bis es zwischen ihnen zur offenen Feindschaft kam, wodurch sie sich gegenseitig kastrierten. Wie ich hörte, sollen sie auch später noch Jahrzehnte lang nicht mehr miteinander gesprochen haben. Kann man so etwas verstehen?

Dass es an unserer Schule keine Jungen gab, darüber waren wir durchaus nicht traurig. Jungs stören doch nur! Jungs kloppen sich ständig! Jungs tun so, als hätten sie was kapiert, haben aber in Wirklichkeit nichts verstanden. Sie drängen sich vor und drücken Mädchen einfach an die Wand. Hätte ich mich etwa im Mathematik-Unterricht so frei entfalten können, wenn Jungs in unserer Klasse gewesen wären? Meine Mitschülerinnen erkannten neidlos an, dass ich in diesem Fach gut war. Nach den Mathe-Stunden kamen sie oft zu mir, und ich half ihnen dann, die Hausaufgaben für den nächsten Tag zu lösen. Fräulein Gerbracht, unsere Mathe-Lehrerin - ein kleines Nervenbündel mit kalten Fischaugen - hatte nämlich in ihrer ungeduldigen Art die Klasse eher verunsichert, statt ihnen die Sinne zu öffnen für die Logik von Algebra und Geometrie. Wenn sie in Rage geriet – und das geschah oft - dann puffte sie schon mal eine unsicher herumstotternde Schülerin so feste in die Seite, dass sie gegen die Tafel flog und dabei den Lehrsatz des Pythagoras endgültig vergaß. Nur bei mir gab sich Fräulein Gerbracht komischerweise meist ausgesprochen geduldig. Wenn ich an die Tafel kam, um eine knifflige Geometrie-Aufgabe zu lösen, forderte sie die Klasse sogar manchmal auf, sich ganz auf mich einzustellen. „Wie ich die Eva kenne", meinte sie dann, „wird sie wieder ihren eigenen Weg gehen. Beim kleinen Einmaleins hapert's ja manchmal bei ihr, doch wenn's in höhere Sphären geht, dann ist sie nicht zu schlagen."

Trotz dieser Erfolge oder gerade deshalb stürzte mich der Rechenunterricht bei Miss Gerbracht in ein Wechselbad der Gefühle. Ich fand es ungerecht, wie sie meine Mitschülerinnen behandelte und legte mich aus diesem Grund häufig mit ihr an. Erwachsene sind ja manchmal sonderbare Menschen. Zuerst setzen sie alles dran, dass wir reden lernen, und sobald wir endlich was sagen, sollen wir den Mund halten. Ich habe mir aber nie den Mund verbieten lassen und stellte mich immer auf die Seite der Schwachen! Hat Miss Gerbracht vielleicht deswegen unter meine im Allgemeinen guten Mathe-Arbeiten so manches Mal ein hässliches „Schrift ungenügend" gepappt? Bei den anderen hat sie die Schrift doch nie beurteilt. Na, wenn schon! So jedenfalls wurde deutlich, dass bei mir Schwachstellen und Glanzpunkte dicht beieinander lagen.

Doch den kleiner Widrigkeiten zum Trotz – ich ging gern zur Schule! Das hinderte mich aber nicht, auch die Tage zu genießen, an denen wir schulfrei hatten, weil Kohlen zum Heizen fehlten, die Schulräume entwanzt wurden oder unsere Lehrkräfte die Grippe hatten. Ich war auch dabei, wenn jemand Herrn Pilz einen Streich spielen wollte. Dieser Herr Pilz war so ein schmales Männchen mit einem länglichen Gesicht, dessen blasses Antlitz durch sein fahles Haupthaar noch farbloser wirkte und Mitleid erregender wurde. Ein Mann wie eine Trauerweide mit der Seele eines Gänseblümchens. Er ging fürchterlich aufrecht, man konnte geradezu sehen, wie er seine ganze Seele in diesen Gang hineinlegte, und seine Stimme hatte den melancholischen Klang zerbrechenden Glücks. Er war unser Erdkundelehrer, bei dem wir kaum etwas über die große weite Welt gelernt haben. Bei ihm segelten wir meist tödlich gelangweilt von einer Stunde zur nächsten, pendelten zwischen dem Horror der Realität und einem Haufen von idiotischem Wissen hin und her. Trotzdem, hinter diesem sonderbaren, mit zahlreichen Schrullen ausgestatteten Mann, der aus seinen schmalen Brillengläsern so schwermütig auf uns herab schaute, verschwanden die anderen Lehrkräfte, als wären sie nicht vorhanden, als fehle ihnen eine Dimension.

Wir hatten gerade das Alter erreicht, in der man in der unumschränkten köstlichen Absurdität der Erwachsenen eine Fundgrube des Humors entdeckt. Während einige Mitschülerinnen es jeweils vorzogen, den Unterricht von Herrn Pilz zu schwänzen, um in dieser Zeit lieber das Non-Stop-Kino in der Nähe unserer Schule aufzusuchen, schoben wir Zurückgebliebenen uns während der endlosen Erklärungen des Herrn Pilz gegenseitig Zettel zu oder lasen heimlich unter der Bank irgendwelche Traktate. Wenn sein Vortrag allzu penetrant wurde, versuchten wir, ihn abzulenken, indem wir ihn baten, uns von seiner früheren Jungenklasse zu erzählen, mit der er die letzten Kriegsjahre an der Ostsee verbracht hatte. Solange er davon sprach, verschonte er uns mit seinen öden Geographie-Weisheiten. Seine Geschichten aus dem Leben fanden wir auch viel spannender. Er erzählte uns vom Meeresleuchten, das seine Jungen in

Blecheimern einzufangen versucht hatten. Es war sein Lieblingsthema, das er von mal zu mal weiter ausschmückte. Dabei erhob er sich und lief – seinen vogelartigen Kopf weit vorgeneigt – mit am Rücken verschränkten Armen unruhig hin und her. Dann - wieder ruhiger geworden - zog er plötzlich ein Erdkundebuch aus seiner abgewetzten Aktentasche und blätterte im Stehen darin herum. Er wird doch jetzt nicht wieder von Honolulu oder der Wüste Gobi anfangen! O nein! Um ihn davon abzubringen, genügte es, ihn zum x-ten Mal zu fragen: „Herr Pilz, was halten Sie davon, wenn ein Mädchen in unserem Alter – wir waren etwa um die sechzehn Jahre - einen Freund hat?" Und schon war er in seinem Element: „Fangt bloß nicht zu früh an, mit Jungs zu gehen! Und vor allem - ich sag's euch mit Gebühr - nehmt keinen der weniger kann als ihr!"

Wir kicherten leise vor uns hin. Was mochte der Ärmste wohl persönlich durchgemacht haben? Eines Tages aber, da musste für ihn die Welt zusammengebrochen sein. Ganz aufgeregt erschien er während der großen Pause in unserer Klasse und blickte von einer Schülerin zur andern. Dann entfernte er sich, ohne ein Wort zu sagen. In der nächsten Pause tauchte er ein zweites Mal auf und fixierte jede von uns mit einer Eindringlichkeit, die erschreckte. War er auf der Suche nach einer eiskalten Verbrecherin? Wir sahen ihn fragend an. Nun fühlte er sich doch genötigt, uns eine Erklärung zu geben.

„Also, Ihr fragt euch sicher, warum ich mich hier so umsehe. Aber stellt euch vor, gestern ist mir doch tatsächlich in der Stadt eine Schülerin begegnet, die mit einem jungen Mann per Arm spazieren ging! Und die hat sich nicht einmal geniert, mich dabei zu grüßen!"

„Och", platzte ich heraus, „das war ich mit meinem Vetter, den ich zum Bahnhof gebracht habe." Das Gesicht des Lehrers wurde noch bleicher als sonst. Er rang sichtlich nach Worten. „So", sagte er dann, „so, so, *Vetter* nennt man das also heute!"

Und man merkte ihm an, dass seine zarte Gänseblümchen-seele einen Knick bekommen hatte, von dem sie sich nur schwer wieder erholen sollte.

Mehr als die stumpfsinnigen Geographie-Erklärungen und altbackenen Lebensweisheiten des Herrn Pilz hätten mich natürlich Physik und Chemie interessiert. Doch diese Fächer wurden zunächst vollständig ausgeklammert, weil es zu jener Zeit dafür keine geeigneten Lehrer gab. Irgendwann aber wurde der Unterricht in „Geschichte" wieder freigegeben, und ein neuer Lehrer tauchte dafür auf. Macker hieß er, ausgerechnet Macker! Er war ein hagerer, hoch gewachsener Mensch. Sein verwittertes Gesicht sah aus, als hätte er es verliehen und ungebügelt zurückbekommen. Er trug eine riesige Brille und mochte etwa fünfundvierzig Jahre alt sein. Damit war er der jüngste Lehrer, den wir je hatten. Trotzdem schien er ein geschlechtsloses Wesen zu sein, uralt und irgendwo in der Zeit stehen geblieben. Ständig glaubte er, bei anderen irgendwelche Vorurteile zu bemerken, die er natürlich missbilligte. Doch seine eigene Intoleranz nahm er offensichtlich nicht wahr.

Komischerweise nannte dieser Lehrer mich stets „Schiller". Warum eigentlich? Ahnte er, dass Schiller damals mein Lieblingsschriftsteller war, mehr als Goethe, den ich etwas fade fand, mehr als Shakespeare, in dessen Stücken sich eine hässliche Intrige nach der anderen abspielte? Woher aber sollte er das wissen? Vielleicht nannte er mich auch „Schiller", weil meine Nase so groß war wie die des berühmten Dichterfürsten? Aber nein, damals war sie ja noch nicht so groß, wie sie heute ist. Also warum dann? Ich weiß es nicht. Obwohl – er hat es mal gesagt, aber ich kann mich weiß Gott nicht mehr darauf besinnen. Wir hatten ja nicht einmal Deutsch bei ihm - wie seine Vorliebe zum Namen „Schiller" nahe gelegt hätte – sondern Geschichte.

Ach ja, Geschichte! Zahlen und Namen von Schlachten und Kriegern mussten auswendig gelernt werden. In abstoßender Einseitigkeit wurde dieses Fach gelehrt, aber kaum Verständnis dafür geweckt. Dabei gibt es in der Geschichte so vieles zu sehen – als Abschreckung oder Ermunterung für die Zukunft – dass man die Vergangenheit unbedingt lebendig machen muss. Ich stellte viele Fragen im Unterricht, bekam jedoch nur wenige Antworten. Und die jüngste Vergangenheit, sie wurde völlig totgeschwiegen. Hatte es sie überhaupt gegeben? Dabei wäre es gerade jetzt, nach dem Krieg, so wichtig gewesen, diese Zeit aufzuarbeiten. Also, allzu viel hat die Schule uns in dieser Hinsicht nicht beigebracht.

Trotzdem – es gab durchaus auch einige Sternstunden an unserer Schule. Da tauchte im letzten Schuljahr plötzlich dieser Herr Merkelbach auf – eine echte Musikkanone, wie es hieß. Endlich richtiger Musikunterricht! Mit Klavier und Flötenspiel! Die Welt der Töne auf fünf Linien geordnet, liebevoll umrahmt vom Violinschlüssel! Bevor dieser sagenhafte Herr Merkelbach jedoch dazu überging, uns die Flötentöne beizubringen, machte er sich daran, einen Schulchor aufzubauen. Er glaubte, aus jedem Mädchen eine passable Sängerin machen zu können. Vielleicht hatte er Recht, jedenfalls hatte sein Programm viel für sich. Andererseits gab es durchaus Schülerinnen mit und Schülerinnen ohne besonderes Talent für sein Fach. Ich jedenfalls war vollkommen unmusikalisch. Herr Merkelbach aber war der Letzte, dies in Erwägung zu ziehen. Für ihn waren Schüler Rohmaterial, das er als Musikpädagoge formen musste. Ich sagte ihm gleich, ich könne nicht singen. „Unsinn", antwortete er, „jedes Kind kann singen", ging ans Klavier, spielte eine Tonleiter, räusperte sich und sang: „do-re-mi-fa-so..." mit großem Vergnügen die hohen und die tiefen Töne, drehte sich dann nach mir um und befahl mir, auch so zu singen, er würde mich begleiten. Ich war mutlos und wiederholte nochmals eindringlich: „Ich kann doch nicht singen."

„Du weißt verdammt viel, was du kannst und was du nicht kannst", meinte er und fügte freundlich aber bestimmt hinzu: „Tu, was ich dir sage!" Er war seiner selbst so sicher, dass ich gar nicht anders konnte, als ihm zu glauben. Wusste ich denn, ob er nicht Gaben an mir entdecken konnte, von denen ich selbst bisher nichts ahnte? Merkwürdig war das gewiss, aber wenn ein großer Musikus sagt, ich könne singen, gut, dann kann ich es eben. Gehorsam pflanzte ich mich vor ihm auf. Er schlug die erste Taste an. Zeit mit Erklärungen zu vergeuden, war nicht seine Art, und ich hatte nur eine sehr dunkle Ahnung dessen, was er von mir erwartete. Also legte ich einfach aufs Geratewohl los und sang die seltsamen Silben laut in die Welt hinaus: „do-re-mi-fa-so..."

„Nein, nein, nein!", schrie Herr Merkelbach empört. Wir versuchten es noch einmal. „Nein, nein, und nochmals nein!" und er schlug die Töne lauter an.

Wir versuchten es wieder und wieder. Nach und nach dämmerte mir, dass ich meine Stimme auf das Klavier einstellen sollte, aber wie das anzufangen war, das mochte Gott wissen. Die Töne, die das Klavier hervorbrachte, waren ganz anders als die gesungenen. Ich konnte wohl hören, dass jeder seine Besonderheit hatte, aber das brachte mich auch nicht weiter, sie waren mir alle gleich fremd. Ich merkte wohl - das eine Ende des Klaviers brachte tiefe, das andere hohe Töne hervor. Allmählich gelang es auch mir, meine Stimme hoch und tief erschallen zu lassen, das war aber auch alles. Doch Herr Merkelbach schien sich inzwischen damit zufrieden zu geben. „Chor erste bis vierte Stimme!" teilte er mich ein. So landete ich also im Chor. Da dort aber vorwiegend die erste Stimme gebraucht wurde, war ich nun fast ausschließlich zu den hohen Tönen verdammt, obwohl mir die Brummtöne viel leichter gefallen wären. Einen klaren hohen Ton herauszubringen, war bei mir jedoch reine Glückssache. Also bewegte ich – während die anderen den engelsgleichen Chor anstimmten - nur meine Lippen. Schließlich wollte ich doch nicht Merkelbachs festen Glauben erschüttern, dass in jedem Mädchen eine gute Sängerin steckt.

Neben dem hoch geschätzten Herrn Merkelbach gab es bald noch einen weiteren Lichtblick. Das war Fräulein Linne', die uns in Kunst und Biologie unterweisen sollte. Von Fräulein Linne' hieß es, sie sei Anthroposophin. Was das war, wussten wir nicht. Wir wussten nur, dass sie viel über das Leben philosophierte und in allem die Natur mit einbezog. Wir spürten gleich, dass sie anders war als die übrigen Lehrkräfte. Sie wirkte so zart, so ätherisch, so wenig von dieser Welt. Sie kleidete sich in altmodische, lange Strickröcke, luftige Blusen und trug ihr aschblondes Haar zu einem Knoten geschlungen. Ihr Gesicht, ihre Hände, ihr Lachen, ihr Schweigen – alles bewirkte bei uns ein leises Brennen. Ihre Augen vor allem waren es, ihr voller gut geformter Mund, ihre Stimme vor allem war es. Sie – ein Engel der Unschuld mit einem unbeirrbaren Glauben an das Gute im Menschen. Nur wenige brachten uns etwas bei, das es wert war, gewusst zu werden. Zu diesen Wenigen gehörte Marie Linne'. Bei Exkursionen durch den Stadtpark machte sie uns auf jeden Käfer, jeden Schmetterling, jede seltene Wiesenblume aufmerksam, und sie gab uns gute Ratschläge mit auf den Weg:

„Ihr wollt wissen, wo es das wahre Glück gibt? Wenn ihr völlig aufgeht in einer Tätigkeit, einer Arbeit, einem Buch, dann spürt ihr eure eigene Kraft, dann fließt ihr im Strom des Lebens, dann fühlt ihr euch gut und kein bisschen leer. Das ist Glück."

Damals gab es noch keine Beatles, keine berühmten Popgrößen. Damals schwärmte man für einen Lehrer oder eine Lehrerin oder für niemanden. Viele von uns schwärmten für Fräulein Linne'. Einmal, da hat sie sechs aus unserer Klasse zum Kaffe eingeladen. Oder hatten wir uns selbst eingeladen? Auf jeden Fall war auch Lisa dabei, ein besonders zartes Wesen, deren Schwärmerei für Fräulein Linne' fast schon krankhafte Züge angenommen hatte. Lisa saß also nun beim Kaffeetisch ihrer Angebeteten gegenüber und himmelte sie unverhohlen an. Verzückt nahm sie ihre Tasse in beide Hände, diese Tasse, aus der auch ihr Idol schon getrunken hatte, und wagte kaum, selbst daraus zu trinken. Derweil steckte Marion sich heimlich die Serviette mit dem Monogram der geliebten Lehrerin in die Jackentasche, um sich später die geheiligte Reliquie ums Handgelenk zu binden. Gerda, unsere sonst so robuste Gerda aber, die gleich neben Fräulein Linne saß, fiel ohne

Vorwarnung einfach vom Stuhl in eine kurze, erholsame Ohnmacht. Ein Riechfläschchen von Fräulein Linne` brachte sie wieder zu sich. Mir war diese Art der Schwärmerei nicht ganz geheuer. Ich war froh, als unser Besuch beendet war und nahm mir vor, mich - bei aller Sympathie – mit Schulpädagogen in Zukunft nur noch im Klassenzimmer auseinanderzusetzen.

Wenn der weiße Flieder wieder blüht

Der Schnee taute. Nun musste doch irgendwann der Frühling kommen. Den Bäumen sah man natürlich noch nichts davon an, sie reckten nackte, schwarze Glieder in den Himmel, als suchten sie nach einer Sonne, die für immer verschwunden schien. Suchte nicht auch ich nach ein wenig Wärme, nach ein wenig Frühlingsluft? Ich fühlte mich doch stets so glücklich, wenn ich die weißen Dolden des blühenden Flieders sah, der seine Zweige großzügig über eine Gartenmauer in der York Straße lugen ließ. Zugegeben, in unserem etwas trostlosen Arbeiterviertel machte sich der Frühling kaum bemerkbar. Doch nach den üblichen Schneefällen im Januar und Februar und den frühen Märzwinden konnte es passieren, dass wir abends schlafen gingen und der Frühling über Nacht gekommen war. Zwar gab es in der Ziethen-straße keine Gärten, aber wenn wir morgens zur Schule gingen, dann entdeckten wir in den Vorgärten der kleinen Villen, die meiner alten Volksschule gegenüber lagen, die ersten Krokusse auf dem Rasen. Und plötzlich – von einem Tag zum andern - blühten auch die Fliederbüsche, und wir sogen gierig ihren betäubenden Duft ein.

Noch waren die wenigen Bäume, die es hier im Viertel gab, hoffnungslos kahl, aber ihre starren Zweige umspielten schon frühlingshafte Winde. Die kleineren und größeren Wäschestücke, die in den Höfen der rußigen Mietshäuser zum Trocknen aufgehängt wurden, blinkten im Sonnenschein, als hätte die Stadt zu Ehren des ersehnten Frühlings Flaggenschmuck aufgelegt. In den Gassen lümmelten ein paar junge Burschen herum. Einige Mädchen standen leise kichernd vor ihnen und stellten sich mal auf das eine, mal auf das andere Bein. Das war die Zeit der jungen Mädchen. Da gingen sogar die Mauerblümchen selbstbewusster einher. Auch ich fühlte mich an solchen Tagen oft so eigenartig, so... so wunderbar. Ich wusste nicht, warum. Man hat halt manchmal solche Tage. So war es auch an einem dieser Märztage im Jahr 1948. Schon dämmerte es. Der Abend brach an. Es war ein lauer Frühlingsabend. Ich öffnete das Fenster und betrachtete die Sterne, wie sie nacheinander am Himmel erschienen. Ich überlegte: Meine Schulzeit geht dem Ende entgegen. Was hatte ich schon gelernt? Nicht einmal tanzen konnte ich. Dabei war mir gerade an diesem Abend so sehr nach Tanzen zumute. War es nicht an der Zeit, es endlich zu lernen?

Im hinteren Teil einer Ückendorfer Eckkneipe – also nicht weit von uns entfernt – hatte sich eine Tanzschule breitgemacht. Die Zwillinge Rosalinde und Annedore, die mit uns die Schulklasse teilten, waren dort bereits gern gesehene Stammgäste. Die beiden Schwestern waren uns ja in manchen Dingen voraus, schließlich hatten sie an unserer Schule schon zwei Ehrenrunden gedreht. Kann man es ihnen da verdenken, dass sie inzwischen – allen Warnungen des guten Herrn Pilz zum Trotz - eifrig Kontakt zum männlichen Geschlecht suchten? Und wo findet man ihn leichter, als in einer Tanzschule? Nun lockten sie auch uns, an den Kursen teilzunehmen. Die Leitung hatte gar versprochen, nicht nur sie, sondern auch ihre Klassenkameradinnen kostenlos zu unterrichten, denn es mangelte ihnen an weiblichen Teilnehmerinnen. Die jungen Herren, die sich dort stets in großer Zahl anmeldeten, um das Tanzen zu lernen, mochten sich bei Foxtrott oder Walzer nicht gern mit ihresgleichen auf dem Parkett drehen. Also, warum nicht lernen, wie man am besten das Tanzbein schwingt, auch wenn aus mir nie eine Primaballerina werden wird! Man kann ja nicht wissen, wozu es gut sein mag.

Am folgenden Freitagabend war es dann so weit. Zum ersten Mal stand ich im Saal der alten Kneipe an der Ecke der Bochumer Straße. Doch auf was hatte ich mich da bloß eingelassen? Walzer, Foxtrott, Schieber – ich konnte mich einfach nicht auf die Musik und gleichzeitig auf meine Füße konzentrieren. Geschweige denn, auf die Zehen des Partners. Ob dies auch ein Tanzkurs für hoffnungslose Fälle war? „So, und nun alle wieder auf die Tanzfläche!" erschall das nächste Kommando.

Mensch, ist das eng! Klaviergeklimper, Bassgebrummel! Und jetzt loslegen: *Wenn der weiße Flieder wieder blüht*. Drei Schritte vor... Rückwärtsdrehung auf der Stelle... Zuerst das rechte Bein... oder doch das linke Bein?... Jetzt nach rechts schwenken... Autsch, ich bin mit meiner Nachbarin zusammen geknallt, die sich wirklich blöd angestellt hat... Was ist das auch für ein Chaos! Zum Glück bin ich nicht die einzige, die nicht weiter weiß. Das beruhigt mich... Und jetzt das Ganze noch mal von vorn: *„Wenn der weiße Flieder wieder blüht..."* Und noch mal... Und noch einmal! Hilfe!!! Ich habe keine Lust mehr. Das Ganze wird mir inzwischen zu blöd! Aber weiter geht's, zwei Stunden lang, bis es endlich heißt: „Danke, das war's für heute."

Und dann sagte Erika noch zu mir: „Mensch, bist du aber schlapp heute." Doch die Schinderei hat sich gelohnt. Nach einigen Wochen tanzte ich schon verdammt gern, wenn auch immer noch verdammt schlecht. Meine Tanzpartner nahmen es äußerlich gelassen, innerlich wahrscheinlich fluchend hin, dass ich ihnen hin und wieder kräftig auf die Füße trat. Doch wenn ich erst einmal meinen Rhythmus gefunden hatte, dann konnte ich mich durchaus anschmiegsam im Takt wiegen, vor allem beim langsamen Walzer. Und dann wagte es mancher Tänzer, mich - trotz der blauen Flecken, die ich ihm verpasst haben mochte – zu einem Rendezvous einzuladen. Für ein Techtelmechtel aber fühlte ich mich noch zu jung, und so sagte ich grundsätzlich „nein!". Zwei dieser mutigen Kavaliere überreichten mir voller Galgenhumor eines Abends nach der Tanzstunde einen kleinen Korb mit Veilchen - für die vielen *Körbe*, die ich ihnen bereits gegeben hätte.

Dann endlich kam der Abschlussball. War ich aufgeregt. Welches Kleid ich an diesem Tag trug? Ich weiß es nicht mehr, wahrscheinlich einen abgetragenen Fummel meiner älteren Schwester. Neben den zarten Nordheimer Zwillingen in ihren phantastisch schwingenden Röcken - die ihnen ihre Mutter als gelernte Schneiderin richtig professionell genäht hatte - fühlte ich mich hässlich wie ein Ochsenfrosch, schüchtern wie ein Veilchen und so unauffällig wie ein Gänseblümchen, bis... ja, bis die Musik erklang. Da blühte ich auf wie eine Rose, schwebte so leicht übers Parkett wie eine Pusteblume, strahlten meine Augen wie zwei Vergissmeinnicht, und meine Gefühle wiegten sich im Walzertakt.

„Wenn du weiterhin so mit deinen Augen funkelst", warnte eine Freundin, „dann steckst du hier noch den ganzen Saal in Brand." Na und? Ich fühlte mich ja so lebendig und hätte am liebsten die ganze Welt umarmt. Die Stimmung im Saal war gelöst und die Kapelle erstklassig – sie brachte die Tanzbeine besser in Schwung als die Schallplatten, die wir sonst während der Tanzstunden zu hören bekamen. Ein bisschen Trance war dabei, bei aller gespielten Lässigkeit. Der Traum vom schwebenden Gleiten, hier wurde er ausgelebt. Die Musik lockte immerzu. Ich genoss den Abend in vollen Zügen und tanzte mir die Seele aus dem Leib, ohne dabei wie sonst meinen Partnern die Zehen platt zu treten. Zum Ausklang spielte die Kapelle noch einmal das Lied „Wenn der weiße Flieder wieder blüht", Ja dann...

Mein erstes Meeting

Nach dem Tanzkursus fühlte ich mich unternehmungslustig wie schon lange nicht mehr. Offensichtlich steckte mir die Tanzmusik weiterhin in den Knochen. Dem Vorschlag meiner Freundin Hella, noch einen Bummel über die Gertrudis-Kirmes am Wildenbruchplatz zu machen, stimmte ich begeistert zu. Es war der letzte Tag, an dem der Rummel da noch lief, den sollte man doch nutzen. Wie in Kindertagen berauschten wir uns an den bunten Lichtern, den sich ständig im Kreis drehenden Karussells und der aufreizenden Leierkastenmusik, die uns von allen Seiten entgegen schallte. Wir ließen uns treiben von der hin und her wogenden Menge, ließen uns verlocken von den Rufen der Budenbesitzer. Besonders angetan aber hatte es uns die Achterbahn. Immer höher hinauf, immer tiefer hinunter fuhren die offenen Wagen mit uns über die kurvenreiche Strecke. Wir waren trunken vom Geschwindigkeitsrausch. Am liebsten wären wir die ganze Nacht durchgefahren. Doch ich hatte Mama versprochen, um acht Uhr die Kirmes zu verlassen. Wir wollten uns dann am Rande des Rummelplatzes treffen, denn Mama würde nach ihrem Besuch bei einer Freundin, die in der Nähe wohnte, dort auf uns warten. Das Zusammentreffen klappte pünktlich, doch Hella und ich verspürten noch keine Lust, die rastlose Kirmes zu verlassen. „Ach bitte", bettelte Hella, „dürfen wir noch einmal mit der Achterbahn fahren?" Mama zögerte. Da traten zwei junge Herren auf uns zu.

„Gnädige Frau, erlauben Sie, dass wir die jungen Damen zur Achterbahn begleiten?" fragte der Ältere von ihnen höflich. Mama zögerte. Kannte sie die Herren? Sie war verunsichert. Da die jungen Männer aber einen seriösen Eindruck auf sie machten, stimmte sie schließlich zu und trat allein den Heimweg an. Die beiden Mädchen, dachte sie, werden sicher bald nachkommen. Hella und ich stiegen indessen zusammen mit den noch unbekannten jungen Männern in einen Waggon der Achterbahn und sausten übermütig lachend nicht nur einmal, nein, gleich noch ein zweites und ein drittes mal unter dem dunkler werdenden Nachthimmel über die kurvenreiche Strecke. Nach und nach verlöschten die Lichter der Kirmes, die Buden schlossen ihre Läden, die Achterbahn stoppte ihre letzte Fahrt. Der Besucherstrom verlor sich allmählich. Da verließen auch wir den Rummelplatz.

„Eigentlich ist es viel zu früh, um den Abend schon zu beenden", fanden unsere Begleiter. „Hättet ihr nicht Lust, noch mit uns tanzen zu gehen?" Ja, warum eigentlich nicht? Wozu hatten wir denn tanzen gelernt? Wir waren wie aufgedreht und ließen uns willig zu einem kleinen Tanzlokal neben dem Hotel zur Post führen. Nachdem wir den hell erleuchteten Bahnhofsvorplatz überquert hatten, traten wir geblendet in das jähe Dunkel des Raumes. Ein paar Sekunden lang standen wir blind einem Publikum gegenüber, das uns sah. Doch wir konnten die Geräusche nicht lokalisieren, die Blicke nicht auffangen. Ganz allmählich begann ich, einzelne Personen zu erkennen, die Stimmen hatten zu ihren Körpern gefunden, einige schienen sich mit anderen Körpern vereinigt zu haben. Sie bewegten sich auf der kleinen Tanzfläche im Takt einer zärtlichen Musik. Entlang den Wänden des Raumes gab es lauschige Sitzecken mit weichen Polstern. Wir hatten gerade Platz genommen und unsere Getränke bestellt, da kam ein Geiger an unseren Tisch und seine Geige schluchzte uns ins Ohr: *Zwei Märchenaugen so blau*". Hella und ich fühlten uns gleichermaßen angesprochen. Wenn die Haare meiner Freundin auch schwarz waren wie Ebenholz, so waren ihre Augen doch ebenso blau wie meine.

Dann spielte die kleine Kapelle „Wenn der weiße Flieder wieder blüht." Die Musik wirkte animierend. Der ältere der beiden Freunde bat mich zum Tanz. Keiner von uns sagte etwas. Jedes Wort war überflüssig. Auch die weiteren Tänze tanzten wir miteinander. Im gleichen Rhythmus bewegten wir uns aufeinander zu, drehten uns im Kreis. Seine Finger ergriffen die meinen, ließen sie wieder los, sein Arm umfasste meine Taille und löste sich davon, seine Hand schmiegte sich um meine Schulter, glitt wieder ab, unsere Augen aber hielten einander fest. Wir tanzten und tanzten und mochte gar nicht mehr aufhören zu tanzen.

Allmählich leerte sich das Lokal. Der Ober brachte die Rechnung. Feierabend! Als wir gingen, sahen wir noch einmal zu den erleuchteten Fenstern hin, sahen das aus der Ferne gedämpft wirkende Funkeln der Kristallleuchter und stellten uns die Gesichter der noch zurück gebliebenen Gäste vor, die Münder, die sich auftaten, um zu sprechen und zu lachen. Sonst herrschte Totenstille, nur hier und dort sah man noch ein erleuchtetes Fenster. „Als ich klein war", sagte ich, „machte mir diese Stille am Abend Angst. Ich glaube, es war das Geräusch meiner eigenen Schritte, dass mich erschreckte und ich mir einbildete, jemand würde mich verfolgen. Wenn ich dann stehen blieb, hörte das Geräusch jeweils auf. Ist es euch auch so ergangen?"

Noch bevor jemand antwortete, tauchten zwei Fahrräder vor uns auf. Die späten Radfahrer entpuppten sich als meine Geschwister Toni und Anna.

„He, wo kommt ihr denn so spät am Abend noch her?" fragte ich verdutzt.

„Du hast gut reden", bemerkte Toni. „Mama hat uns losgeschickt, um euch zu suchen. Sie befürchtet schon, ihr könntet Räubern in die Hände gefallen sein. Schließlich ist es gleich Mitternacht, und Mama ist nicht gewöhnt, dass du so spät nach Hause kommst. Sie hat uns sogar zur Polizei geschickt, wir sollten eine Suchanzeige aufgeben. Aber die Polizisten haben nur gemeint, die jungen Damen werden wohl Tanzen gegangen sein." „Aber nein, habe ich empört geantwortet, meine Schwester tut so was nicht!"

Oje, das saß! Wie hatte ich mich nur so selbstvergessen dem Tanz hingeben können, ohne daran zu denken, dass die arme Mama sich Sorgen machen würde?

„Du solltest in Zukunft ruhig öfter mal ausgehen", meinte Anna, „damit Mama sich daran gewöhnt. Schließlich wirst du in der nächste Woche schon achtzehn Jahre alt. Du bist also kein kleines Küken mehr und solltest abends durchaus mal öfter länger ausbleiben."

Na ja, Anna hatte wohl recht. Mal sehen, was sich in nächster Zeit tut!

Schule ade – was nun

Und die Zeit verging. Inzwischen war es März geworden, der März 1948. Mit gut einem Jahr Verspätung hatten meine Klassenkameradinnen und ich endlich unsere „Mittlere Reife" in der Tasche und sagten der Schule „Ade". Doch, was nun? Ja, was nun? Ich war einige Tage zuvor achtzehn Jahre alt geworden und hatte keine Ahnung, wie es nun weitergehen sollte. Wir machten wohl alle die Erfahrung, dass der Ernst des Lebens nicht beginnt, wenn man in die Schule kommt, sondern wenn man sie verlässt.

Mittlere Reife – welch ein hochtrabendes Wort! Waren wir nun reif oder erst halbreif? Es gab kein Examen, nur ein Abschlusszeugnis, das uns je nach erbrachter Leistung oder je nach Laune der Lehrkräfte einen guten, mäßigen oder schlechten Abgang bescheinigte. Ich selbst konnte mich über mein Zeugnis nicht beklagen. In den meisten Fächern hatte ich gut abgeschnitten, hier und da auch ein bisschen besser. Selbst im Englischen hatte ich es nach einem tollen Endspurt von einer drohenden *Fünf* noch zu einer passablen *Drei* geschafft. Doch was brachte mir das? Was konnte ich damit schon anfangen?

Sollte ich nicht – verdammt noch mal – zunächst meine neu gewonnene Freiheit in Ruhe genießen, bevor ich mir Gedanken über die weitere Zukunft machte? Andererseits, durfte ich der Mama weiterhin auf der Tasche liegen? Nein, sagte ich mir, ich will arbeiten, will endlich ein Ziel haben! Doch welches? Ich hatte durchaus so manche Interessen. Ich träumte zum Beispiel davon, Architektin zu werden – Quadrate, Kreise, Kegel zu konstruieren und daraus Häuser, Museen, Gemeinschaftszentren wachsen zu lassen. Schon als Schülerin habe ich oft Nächtelang über Plänen gebrütet, um meine Vorstellungen vom Wohnen und urbanem Leben in neue Formen zu fassen – so wie sie später auch von der 68.er Generation vielfach gefordert wurde. Aber auch die Medizin hat mich gereizt – gebrochene Beine einzugipsen, das wäre für mich eine echte Berufung gewesen. Ebenso faszinierte mich die Archäologie - antike Stätten wieder auferstehen lassen, den alten Göttern und Helden nahe sein. Und die Naturwissenschaften? Ja, auch die wären etwas für mich gewesen. Zu gern wäre ich auf den Spuren von Goethes *Faust* der Frage nachgegangen, was denn wirklich die Welt im Inneren zusammen hält. Oder wenn das zu hoch gegriffen sein sollte, wäre ich auch daran interessiert gewesen, als Biologin das Geheimnis der Gänseblümchen zu entziffern.

Doch um nur einen dieser Pläne verwirklichen zu können, hätte ich zunächst noch das Abitur machen und dann studieren müssen. Dazu aber fehlte inzwischen das Geld. Mama, die so tapfer - ohne den Papa - den Handwerksbetrieb über die Kriegsjahre hinweg gerettet hatte, konnte ihn jetzt nur noch mit Müh und Not über Wasser halten. Mein Bruder Georg hatte sich beruflich umorientiert und dachte nicht daran, den Meisterbrief zu machen, um später den Betrieb zu übernehmen. Mama war daher gezwungen, einen Fremden als Meister einzustellen, einen, der angeblich irgendwo in Amerika seine Ausbildung gemacht hatte und bei den anstehenden Aufträgen nur Pfusch lieferte. Außerdem wurde es Frauen - deren Initiative und Arbeitskraft während des Krieges so hoch willkommen war – plötzlich schwer gemacht, weiterhin in der Wirtschaft Fuß zu fassen. Zu den neuen Architekten der Firmen, die früher zu unseren Kunden zählten, bekam Mama kaum Kontakt. Dementsprechend wurden die Aufträge geringer, die Einnahmen dürftiger.

Also blieb mir nichts anderes übrig, als meine beruflichen Ansprüche herunterzuschrauben und zu versuchen, möglichst bald Geld zu verdienen. Doch wie viele Bewerbungen ich auch schrieb – waren es vierzig, fünfzig, waren es gar sechzig, siebzig? - ich fand keine Lehrstelle, keinen Arbeitsplatz, weder in einem Büro, noch in einem Geschäft, weder in einer Firma, noch in einem Handwerksbetrieb. Aber ich gab nicht auf, besann mich auf mein Interesse an der Medizin und bewarb mich bei nahezu allen niedergelassenen Ärzten um einen Ausbildungsplatz als Arzthelferin. Ich dachte, meine „Eins" in Biologie würde mich durchaus dafür qualifizieren. Doch als Antwort erhielt ich nur höfliche Absagen - ohne Angabe von Gründen. Ein Zahnarzt allerdings schickte mir meine Bewerbung zurück, weil ich vergessen hatte, die mit Bleistift gezogenen Striche auszuradieren, mit denen ich meine noch immer krakelige Kinderschrift auf Linie trimmen wollte. Hatte dieser Arzt noch nie einen Tampon im Mund einer Patientin vergessen, so dass diese tagelang mit einer dicken Backe herumlaufen musste?

Wie dem auch sei, ich versuchte nun, wenigstens einen Ausbildungsplatz an einer Schule für technisch-medizinische Assistentinnen zu bekommen. Die alte Gelsenkirchener Fachschule war leider ausgebombt. Die nächste Schule lag in Dortmund. Allerdings war sie hoffnungslos überlaufen und hatte eine Wartezeit von drei Jahren. Drei Jahre! Was sollte ich bis dahin machen? Ich wandte mich an den neuen Schulrat, der früher einmal Lehrer an unserer Schule war. Eine Empfehlung von ihm konnte vielleicht die Wartezeit für mich verkürzen. Bevor sich der hohe Herr jedoch dazu herabließ, das gewünschte Papier auszustellen, fühlte er sich verpflichtet, meine Biologiekenntnisse zu überprüfen. Zweifelte er etwa an der Objektivität seiner ehemaligen Kollegin, die mir in diesem Fach tatsächlich die *Eins* aus Zeugnis gesetzt hatte?

„So, du willst also technisch-medizinische Assistentin werden. Weißt du überhaupt, wie viele Beine eine Fliege hat?" Was sollte diese dumme Frage? „Na, hundert natürlich", wollte ich ihm zunächst an den Kopf werfen, doch ich hielt mich zurück und antwortete mit unschuldiger Miene: „Also zwei Beine mehr, als Sie und ich zusammen haben." Der Schulrat lachte schallend, und ich bekam die gewünschte Empfehlung. Dadurch verkürzte sich meine Anwartschaft auf den Besuch der Fachschule in Dortmund um zwei Jahre. Als weitere Voraussetzung für eine Aufnahme wurde jedoch empfohlen, bis dahin noch ein Haushaltsjahr abzuleisten. Und so kam es, dass ich mich bald in einer Gelsenkirchener Familie als Kammerkätzchen, Putzfrau und Blitzableiter wieder fand. Doch ob das gut gehen konnte? Meine Zweifel waren wohl berechtigt, wie der weitere Verlauf zeigen sollte.

Die verflixten Milchmarken

Was nun? Sollte ich oder sollte ich nicht? Unschlüssig stand ich vor der Villa Kniepersbusch in der York Straße und überlegte noch, ob ich klingeln sollte oder nicht. Dann überwand ich mich. Ich brauchte doch die Stelle als Haushaltshilfe – sie war ja Vorbedingung für meine geplante Ausbildung. Schließlich wollte ich doch technisch-medizinische Assistentin werden, um später in einem Labor oder einem Krankenhaus Bakterien und andere Scheußlichkeiten untersuchen zu können.

Von meiner Schwester Anna hatte ich gehört, dass Frau Kniepersbusch eine Haushaltshilfe suchte. Anna kannte die Söhne der Familie vom Schwimmverein her und meinte: „Da kannst du ruhig hingehen. Die Kniepersbusch Brüder sind wirklich nett, da dürfte wohl auch die Familie in Ordnung sein." Also warum nicht Kniepersbusch? Ihre Firma war eine bekannte Größe in unserer Stadt. Sie stellte Eisenwaren und Elektrogeräte her. Wer hätte noch nichts von Kniepersbusch Herden und Öfen gehört? Obwohl, na ja, also seit dem Ende des Krieges konnte man kaum noch einen Artikel von Kniepersbusch in den Geschäften entdecken. Hatten sie etwa auf Anordnung der Militärverwaltung ihre Produktion einstellen müssen? Oder horteten sie einfach ihre Waren, um sie nach der in Kürze erwarteten Währungsreform mit Riesen-Gewinn verkaufen zu können, statt sie jetzt gegen wertlose Reichsmark zu verscherbeln? Denkbar war's. Jedenfalls quollen später tatsächlich bereits einen Tag nach der Einführung der neuen D-Mark die Läden über mit Herden und Öfen der Firma Kniepersbusch. Natürlich habe ich die Familie nie danach gefragt, wie es sich damit verhielt. Sie gab sich stets so reserviert, dass ich nicht wagte, solch heikle Dinge anzusprechen. Dabei lebten die Kniepersbusch - auch wenn sie in einer schönen alten Villa in der Yorkstraße wohnten – zu jener Zeit ebenso miserabel wie die meisten Bürger dieser von Zerstörungen, Hunger und Entbehrungen gezeichneten Stadt.

Der Besitzer der Kniepersbusch-Fabrik wurde noch irgendwo als Kriegsgefangener festgehalten und sollte erst ein Jahr später heimkehren. In diesem Haus - das eine steife, verblasste Gediegenheit atmete - konnte ich zu jener Zeit keinerlei Spuren von ihm entdecken. Frau Kniepersbusch war es, die die Szenerie beherrschte. Sie war groß, hager, distanziert und verbreitete eine unwirkliche, leblose Atmosphäre um sich. Vor lauter Vornehmheit bekam sie kaum den Mund auf. Dabei wirkte sie in ihrem altertümlichen Morgenrock - der fast nur noch aus Flicken bestand und es durchaus mit den berüchtigten Schlafanzügen ihrer Söhne aufnehmen konnte – wie eine tragisch-komische Figur.

Die Söhne – jungenhaft und ungekünstelt - wirkten völlig deplaziert in dieser Umgebung. Ich hatte sie einmal bei einem Schwimmfest erlebt. Da waren sie offen, freundlich, lebhaft. Doch hier, unter den kalten Blicken ihren Mutter, wirkten sie wie Marionetten - ihr Temperament gezügelt, ihre Stimmen gedämpft, ihre Gefühle eingefroren.

Einen nicht geringen Anteil an der eisigen Stimmung hier hatte die „Tante", die ebenfalls in der alten Villa wohnte. Sie war eine verhutzelte kleine Gestalt mit wieselflinken Augen und lauerndem Blick, dem Ehrgeiz eines Napoleons und dem kleinlichen Geist einer Intrigantin. Sie war die eigentliche Herrscherin des Hauses, denn sie beherrschte die Küche, auf deren kaltweißen Kacheln sie kein Fleckchen duldete und zu deren Speisekammer nur sie Zugriff hatte. Das, was sie kochte, war nicht nur mager - wie es in jenen Zeiten auch in anderen Familien durchaus der Fall war – es war zudem noch völlig phantasielos. Und genauso phantasielos wie ihre Suppen verliefen auch die Mahlzeiten am vornehm gedeckten Tisch. Da warteten alle schweigend, bis die Frau des Hauses endlich ihren Löffel hob und damit ihre magere Suppe zum vornehm gespitzten Mund führte. Nun erst durften die „Tante", die Söhne und auch ich mit dem Essen beginnen. Aber wehe, man verschlang das Essen zu hastig. Die Hausfrau schaute einen dann so missbilligend an, dass einem das Essen im Munde stecken blieb. Wer trotzdem seinen Teller vorzeitig leer gegessen hatte, musste dennoch so lange am Tisch ausharren, bis auch die Gnädige ihren letzten Rest Suppe vollständig ausgelöffelt hatte. Und - bei Gott - das dauerte und dauerte und dauerte – also mindestens eine halbe Stunde lang. Nie vorher und nie nachher habe ich jemand so langsam auf einer Suppe herumkauen sehen, wie diese Frau.

Doch schlimmer zu ertragen waren die Bosheiten der „Tante". Ständig versuchte sie, mir das Leben schwer zu machen. Entweder hatte ich irgendwo einen Flecken übersehen, eine Tasse falsch eingeräumt oder eine Ecke nicht sauber gefegt. Die Situation eskalierte, als sie mich beschuldigte, nach einem Einkauf im Milchgeschäft die gesamten Milchmarken der Wochenration geklaut zu haben. Mit kreischender Stimme schleuderte sie mir im Beisein der Hausfrau diese ungeheure Beschuldigung entgegen. Frau Kniepersbusch sagte dazu kein Wort. Ihre Augen aber sahen mich mit vernichtender Kälte an. Ihre Lippen wurden noch schmaler als sonst. Ihre Nasenflügel zitterten. Jetzt hing die Stille wie eine gläserne Wolke mitten im Raum und niemand wagte daran zu rühren, damit es nicht Splitter rasselte. So standen wir uns gegenüber.

Ich versuchte zu sprechen, meine ohnmächtige Wut über die Beschuldigung herauszuschreien, aber ich konnte keinen Ton hervorbringen. In mir war alles in Aufruhr: Ich hätte die Milchmarken der ganzen Woche gestohlen? Ich bin doch keine Diebin! Natürlich habe ich oft Hunger gehabt. Wer hatte das nicht in diesen Zeiten? Aber deswegen stehle ich doch keine Lebensmittelmarken. Dann müssten ja die Bestohlenen noch mehr hungern als ich. Wie kann man mir so etwas zutrauen? Wie falsch die alte Hexe doch ist! Hatte sie mich nicht schon einmal beschuldigt, ich hätte eine Scheibe vom Speck gemopst? Vielleicht hat sie es selber getan oder einer der Jungen – die sind ja so groß und wachsen immer noch und werden sicher nie satt von der Wassersuppe, die sie kocht, und die sie mit so viel falschem Pathos kredenzt, als handele es sich um das köstlichste Gericht der Welt. Und die Gnädige? Wie eine Scharfrichterin sitzt sie über mich zu Gericht, ohne mir Gelegenheit zu geben, mich zu verteidigen. Nein, hier will ich keine Minute länger bleiben! Ich will fort von hier, fort, nur fort – egal wohin!

Ohne ein Wort zu sagen, verließ ich das Haus. Die Mauern um mich herum schwankten, schienen drohend auf mich zuzustürzen. Ich beschleunigte meine Schritte, rannte wie gehetzt die Straße entlang. Nach hundert Schritten blieb ich außer Atem stehen. Ich konnte mich kaum noch aufrecht halten. Als ich mich umwandte, sah ich noch einmal die in gleichgültiger Ruhe daliegende Villa. Das Bewusstsein der letzten Minuten ging nur noch von meinem pochenden Herzschlag aus; es schien mir, als füllte dessen Klopfen die ganze Gegend mit ohrenbetäubendem Dröhnen. Mein Körper bewegte sich wie der einer Schlafwandlerin. Das ungeweinte Weinen schleppte ich mit. Ich ging weiter, immer weiter, ohne Ahnung, wohin. Die Füße schienen weit von meinem Kopf entfernt. Den Menschen, die mir begegneten, war ich gleichgültig. Viele schienen vergnügt, einige verärgert, doch niemand hatte solchen Kummer wie ich! Stöhnen, Stolpern, wieder Gleichgewicht finden. Guten Abend, gnädige Frau, haben Sie ihre verdammten Milchmarken wieder gefunden? Vielleicht haben ja die Mäuse sie gefressen, die Mäuse, die vielleicht auch den Speck angenagt haben. Nein, die Mäuse waren es nicht? Komisch, dass Sie denen eher glauben als mir. Ich jedenfalls werde nicht mehr für Sie arbeiten. Lassen Sie doch die Mäuse Ihren Dreck wegmachen. Oder die liebe „Tante".

Ich hastete weiter. Die Nacht brach allmählich herein. Straßendunkel und Abendwind klopfte klagend und zitternd gegen die Scheiben. An mir vorbei sprangen Kinder über den Vorstadt-Asphalt, gingen weiter auf dem schmalbrüstigen Bürgersteig und schlugen sich dann in die Schwärze des nächsten Hauseingangs. Eine trübe Straßenlaterne - Regenbogenfarbig umrandet – strahlte nur kaltes Gaslicht und Trostlosigkeit aus. Ich bewegte mich entlang der dort stehenden Bäume. Das Gelände wurde unwegsamer. Immer wieder stolperte ich über vorstehende Wurzeln. Der Wind stöhnte und weckte Angst in mir. Ich tastete mich vorsichtig weiter. Hin und wieder blieb ich stehen, horchte, sah mich um. Kein Mensch weit und breit. Es war dunkel, still und bitterkalt. Wie die Gretel ohne Hänsel hatte ich mich im Wald verirrt. Die Erbsen, mit denen ich hätte zurückfinden können, waren mir abhandengekommen. Sterne waren wohl in reicher Menge ausgestreut, doch der Mond war nicht zu sehen. Meine Gedanken liefen im Kreis wie gefangene Tiere im Käfig. Warum renne ich eigentlich so durch die Nacht? Warum gehe ich nicht einfach nach Hause, weine mich bei Mama aus? Was treibt mich, so zu laufen, ohne Rücksicht auf meine Füße, die solche Gewaltmärsche nicht gewohnt sind, trotz Furcht vor der Dunkelheit und der fremden Umgebung, die mich doch in anderen Situationen davon abgehalten hätte, hier so spät herumzulaufen?

Und plötzlich wusste ich, warum! Ich erkannte ihn wieder, zunächst schemenhaft, doch groß und Furcht einflößend - es war mein eigener Zorn, ein so unbändiger Zorn, der so grimmig war, dass ich zu beben anfing. Es war der Zorn über die Hilflosigkeit, die Abhängigkeit von der Willkür anderer. Ich fühlte mit all den Opfern, die je unschuldig beschuldigt wurden, denen man nicht glaubte, denen man keine Chance gab, ihre Unschuld zu beweisen, die verurteilt, beschimpft, verhöhnt wurden, ohne sich wehren zu können. In mir fieberte alles danach, mit mir wieder ins Reine zu kommen. Die Kälte musste sich wie ein Rätsel auflösen, damit das Schreckliche schwand. Da! Eine Sternschnuppe! Ich war viel zu überrascht von dem rasenden Lauf des in die Erdatmosphäre eintauchenden Sternenstaubs, als dass ich mir auf die Schnelle noch etwas hätte wünschen können. Aber die Leuchtspur am Himmel erhellte die Finsternis meiner verwundeten Seele. Seltsam getröstet machte mich auf den Heimweg.

Meine erste Überraschung - ehe die schwarze Traurigkeit der Nacht mich wieder gefangen nahm - war der große Strauß von bunten Sommerblumen, den ich bei meiner Rückkehr zu Hause vorfand. Das Blumengebinde hatten die Kniepersbusch Söhne am Nachmittag im Auftrag der Familie als Geste der Entschuldigung vorbei gebracht. Der Vorwurf der „Tante" - ließen sie ausrichten - habe auf einem Missverständnis basiert. Ein Anruf im Milchgeschäft habe ergeben, dass der Milchhändler selbst die verflixten Milchmarken für die ganze Woche im Voraus von den Lebensmittelkarten abgetrennt hatte.

In der Nacht träumte ich einen seltsamen Traum: Ich bin auf einer Wanderung. Doch wo ist mein Ziel? Nur ein Weg ist da, ein schmaler, endloser Weg. Der Weg – oft weniger als einen Fuß breit – zieht sich mit tausend Tücken in die Länge. Ich schlafe fast im Stehen, gehe im Schlaf, schreite Schritt für Schritt vorwärts, weiter, immer weiter. Ich gehe durch tote Wälder. Da stehen die Bäume im Todeskampf, gierig nach Äxten, denn sie möchten endlich fallen, aber sie müssen stehen bleiben. Ersterbend, verwesend, verfallend, vermodernd müssen sie sich selbst überstehen. Endlich gelange ich an eine Lichtung. Welch grandioser Szenenwechsel! Sanft wiegen sich zarte grüne Gräser im leichten Morgenwind, Bienen summen, Schmetterlinge flattern auf und nieder, Vögel fliegen vor mir her, weisen den Weg zu einer Hütte. Ein Bächlein fließt daran vorbei, speist einen kleinen See, der zum Baden einlädt.

„Da, was sind das für Geräusche? Tatsächlich, eine Ziege meckert, eine Ziege mit dicken, prallem Eutern, die traulich zu mir kommt, sich willig von mir melken lässt, nicht fragt, ob ich auch Milchmarken habe. Diese wunderbare, gelblich weiße, sämige Milch! Welch ein Genuss! Hier möchte ich bleiben. Hier lässt es sich leben, denn hier braucht man keine Milchmarken mehr!"

Tante Luise und die Stadt

Nach dem Fiasko mit den verflixten Milchmarken lehnte ich es ab, mich weiterhin als Hausmädchen den Launen der Familie Kniepersbusch auszusetzen. Was brachte mir schon deren Entschuldigung? Die Atmosphäre dort war mir unerträglich geworden. Doch irgendwo musste ich das Haushaltspraktikum zu Ende führen, wenn ich später meine Ausbildung zur technisch-medizinische Assistentin beginnen wollte. Da kam mir Tante Luises Vorschlag sehr gelegen: „Wie wär's", fragte sie an, „wenn du für ein Jahr zu mir ins Rheinland kommst? Ich kenne hier ein nettes Ehepaar, das ein Kindermädchen sucht. Du weißt ja, seit ich als Lehrerin an einer städtischen Grundschule in Rheydt arbeite, wohne ich nicht mehr auf dem Lande. Meine neue Stadtwohnung ist groß genug, du könntest dann gerne bei mir wohnen". Also packte ich meinen Koffer und fuhr nach Rheydt.

Die Familie Rausch freute sich über mein Kommen und nahm mich freundlich auf. Der junge Familienvater - ein aufstrebender Architekt – hatte viel Sinn für Humor. Seine Frau war freundlich, aufgeschlossen und auf sympathische Weise modern. Mit der Erziehung der beiden Kinder allerdings fühlte sie sich leicht überfordert. Kein Wunder, denn die vierjährige Tochter und der sechsjährige Sohn ihres Mannes hatten vor einem Jahr ihre Mutter verloren und taten sich zunächst schwer damit, die neue Frau des Vaters als Stiefmutter zu akzeptieren. Ich durfte nun in erster Linie die Mittlerin spielen zwischen der neuen Mutter und den Kindern. Da ich schnell das Vertrauen der beiden Kleinen gewann, fiel mir diese Aufgabe leicht. Es dauerte nicht lange, und ich fühlte mich als echtes Mitglied dieser Familie, die immer harmonischer zusammen wuchs. Es gibt ein Foto aus dieser Zeit, da sitzen die beiden Kinder fröhlich lachend auf einer Wiese, und ich - ein deutsches Gretchen mit blonder Haarkrone – sitze mit ebenso lachenden Kinderaugen zwischen ihnen. Ja, es war eine unbeschwerte Zeit für mich. Ich lernte nicht nur, wie man mit übermütigen, manchmal auch bockigen Kindern umgeht, sondern auch, wie man Herrenhemden bügelt – nämlich erst Kragen, Manschetten, Schulterteil, dann das übrige Drum und Dran - und wie man ohne zu heulen einen riesigen Pott voll Gemüsezwiebeln schält – nämlich mit einer Motorradbrille auf der Nase.

Was mir von jener Zeit aber besonders in Erinnerung blieb, war das Zusammenleben mit Tante Luise. Ich hatte sie früher schon auf dem Lande erlebt und bei einem gemeinsamen Urlaub auf der Insel Rügen. Nun aber konnte ich teilnehmen an ihrem Leben in der Stadt. Ein Aufenthalt bei Tante Luise - das bedeutete, einzutauchen in eine andere Welt, sich einzulassen auf Überraschungen, Extravaganzen, ungewohnte Freiräume und ein Zusammentreffen mit vielen interessanten Menschen. Jetzt, da ich über sie schreibe, erscheint sie mir wieder so lebendig vor Augen, als stände sie mir noch wirklich gegenüber. In Erinnerung bleibt ihre Physiognomie, der zerfurchte Vogelkopf mit dem inzwischen schlohweiß gelockten Haarkranz. Die gewisse Exzentrik - die sie immer umgab - ihre Skurrilität, ihre Zickigkeit machten sie sehr präsent. Die Sessel, die Möbel, die Luft, in der stets ein leichter Duft ihres herben Parfums schwebte, sie alle hatten etwas Besonderes, etwas sehr Individuelles, so als bildete alles, was sie umgab, einen Teil von ihr, vor allem auch die völlig mit Bücherregalen bedeckten Wände. Überhaupt waren diese Bücherwände eine wahre Fundgrube für mich. Hier geriet ich an Flaubert und Zola und viele andere Dichterfürsten. Welch ungeahnte Welt eröffnete sich mir da, auch wenn mich das Erotische darin damals noch nicht sonderlich interessierte. Darüber las ich einfach hinweg, doch ich hatte nie gedacht, dass Romane so sein konnten: Stücke aus dem Leben nämlich, wirkliches Leben, das sich jeden Augenblick so abspielen konnte. Dann die Werke von Nietzsche. Welche Weisheit! Welche Gedankenschwere! Ja, es waren auch jede Menge Bücher dabei, die ich früher nie zu sehen bekommen hatte, da sie doch während der Nazi-Zeiten verboten waren.

Tante Luise aber öffnete ihr Zuhause und ihre Schätze auch anderen Menschen. Sie nahm alles auf, was zu ihr kam, was Hilfe brauchte, Nein, nein, keine Katzen, keine jungen Hunde, die gab sie in andere Hände. Aber Kinder! Kinder durften immer zu ihr kommen, vor allem ihre Schüler und Schülerinnen - die jungen ebenso, wie die alten. Für Tante Luise war die Schule nie zu Ende. Fast täglich klingelten frühere und neue Schulkinder an ihrer Tür, brachten ihr selbst gepflückte Blumen, wollten ihr nahe sein. Oder die Eltern kamen, hielten ein Schwätzchen, boten ihre Hilfe an, holten sich Rat. Ich war also daran gewöhnt, oft Fremde anzutreffen, wenn ich abends die Familie Rausch verließ und zum Haus meiner Tante zurückkehrte. Ich freute mich aber auch, wenn ich mal einen ruhigen Abend allein dort verbringen konnte, um im Wintergarten unter dem grünen Blätterdach ihrer riesigen Zimmerlinde ein bisschen zu schmökern, zum Beispiel, wenn Tante Luise zu einer Fete bei ihrem Kollegen eingeladen war. Dann konnte es nämlich durchaus sehr spät werden.

Als ich mal mit ihr zusammen dort gewesen bin, konnte ich beobachten, wie sehr sie bei diesen gastlichen Leuten aus sich herausging. Früher – in den Bauernfamilien auf dem Lande, wo so lange Zeit „die Dorfschullehrerin" war - hatte man ihr gern fetten Braten vorgesetzt, was meiner Tante aber nichts anhaben konnten – sie blieb Zeit ihres Lebens eine lange dürre Bohnenstange. Hier jedoch – bei ihren städtischen Freunden – setzte man ihr Hochprozentiges vor, einen selbst aufgesetztem Beerenschnaps, der es wahrhaft in sich hatte. Bei Tante Luise – einer ohnehin leidenschaftlichen Erzählerin - löste er die Zunge noch mehr als sonst - ein Effekt, der die Runde geradezu begeisterte. Der Gastgeber blieb mit der Flasche in der Hand gleich neben meiner Tante stehen und schenkte ihr nach, sobald das Glas leer war. Sie schien es nicht zu bemerken, wurde immer redseliger, erzählte von der Verlobungszeit mit ihrem so früh verstorbenen Gemahl, um schließlich bei der Hochzeitsnacht anzulangen. Die Ohren der Gäste wurden immer länger, ihre Augen funkelten immer begieriger, alle warteten auf den pikanten Höhepunkt der Geschichte. Doch plötzlich riss der Faden. Tante Luise stürzte ohne eine Erklärung davon, riss in höchster Eile die Toilettentür auf, schloss sich dort ein und ward für lange Zeit nicht mehr gesehen. Dafür aber hörte man sie hinter der Tür jämmerlich jaulen und stöhnen und spucken wie ein Reiher. Der „Aufgesetzte" hatte seine volle Wirkung erreicht. Es dauerte über eine halbe Stunde, bevor sich die Klotür wieder öffnete und Tante Luise im Türrahmen erschien. Doch wie sah sie aus? Auf ihrer Stirn prangte eine riesige Beule in leuchtenden blau-violetten Tönen.

„Aber Frau Ecker", schrie der Kollege entsetzt, „was ist Ihnen denn passiert?" Und seine Frau rannte gleich los, um ein eiskaltes Messer auf die unübersehbare Verunstaltung zu pressen. Tante Luise aber wollte davon nichts wissen, sie wollte auch nicht darüber reden, was ihr im einsamen Kämmerlein passiert war, sie wollte überhaupt nicht mehr reden, und auf die Fortsetzung der Erzählung über die Hochzeitsnacht warteten die Gäste also vergebens. Ihr Kollege und ich hakten meine Tante unter und schleppten sie mehr, als dass wir sie führten, den langen Weg heim zu ihrer Wohnung.

Milena und das Tor zum Westen.

Es war eine Woche nach dem Abend, an dem Tante Luise bei ihrem werten Herrn Kollegen zu viel des guten „Aufgesetzten" getrunken hatte. Nun war sie ein weiteres Mal bei ihm und seiner Familie eingeladen. Musste ich mir erneut Sorgen machen? Aber nein, sie hatte mir doch hoch und heilig geschworen, nie wieder auch nur einen Tropfen von dem teuflischen Gesöff zu trinken. Ich würde also den Abend bis zu ihrer Rückkehr ganz ungestört verbringen können. Als ich jedoch die Wohnungstür öffnete, lief mir ein Schauer über den Rücken. Aus der Dunkelheit des Raumes kam mir ein leibhaftiges Gespenst entgegen. Nein, ein Gespenst konnte es nicht sein, die bewegen sich schließlich lautlos und haben keinen Körper. Dieses hier aber hatte zumindest Verdauungsorgane, denn eine widerwärtige Wolke von Mundgeruch wehte mir entgegen. Auch sonst wirkte das Wesen recht geisterhaft – eingehüllt in ein wallendes weißes Gewand, die Gesichtszüge ebenso zerbrechlich wie die ganze ätherische Gestalt. Mein Herz raste, meine Kehle fühlte sich an wie zugeschnürt. Gleichzeitig suchte mein Gehirn fieberhaft nach Auswegen aus der Bedrohung. Da öffnete dieses Wesen den Mund und krächzte mit heiserer Stimme: „Sie brauchen keine Angst zu haben, ich bin kein Gespenst." Danach standen wir uns schweigend gegenüber, unsere Gesichter bildeten weiße, in der Luft schwebende Flecken und unsere Körper verschwammen in der undurchsichtigen Dunkelheit des Raumes.

„Setzen wir uns doch", schlug die Fremde vor, und wieder klang ihre Stimme, als käme sie aus einer tiefen Gruft. Wir ließen uns auf den geschnitzten Stühlen des Wintergartens nieder. In seltsam abgehackten Sätzen erzählte sie mir nun ihre wirre Geschichte, von der ich an jenem Abend nur so viel verstand, dass sie krank und einsam sei, dass sie kein Zuhause hätte, und dass meine Tante ihr angeboten habe, vorläufig bei ihr zu wohnen. Sie könne ja auf der Couch im Wohnzimmer schlafen. „Seit wann kennen Sie denn meine Tante schon?"

fragte ich neugierig geworden. „Ach, die Frau Ecker, die habe ich heute Morgen beim Einkaufen kennen gelernt."

Typisch Tante Luise! Spontan und hilfsbereit auch den seltsamsten Vögeln gegenüber. Abrupt stand die Fremde auf, zündete sich eine Zigarette an und begann im Zimmer auf und ab zu gehen. Ihre Füße bewegten sich lautlos über den Boden. Wie ein Schatten huschte sie durch den Raum, und blies - während sie weiterredete – kleine Rauchwolken durch den winzigen Spalt in der Mitte ihrer sonst fest aufeinander gepressten Lippen. Die Wolken vergrößerten sich, verflogen, bildeten an manchen Stellen in der Luft graue Streifen, eine Art durchsichtigen Nebels, der einem Spinngewebe glich. Mit der Hand wischte sie zuweilen diese leichten Spuren weg. Dann wieder durchschnitt sie die mit einer scharfen Bewegung ihres Zeigefingers und betrachtete mit ernster Aufmerksamkeit, wie die getrennten Rauchsäulen langsam verschwanden. Erst Tage später wurde mir klar, dass dieser so plötzlich aufgetauchte Gast im Hause meiner Tante drogensüchtig war.

An Milena – so hieß die junge Frau – habe ich mich nie recht gewöhnen können. Ihre Großmutter, hörte ich, sei eine echte Zigeunerin, und auch sie selbst hatte etwas seltsam Fremdes an sich. Ich kam einfach nicht an sie heran. Tante Luise aber lebte in ihrer Gegenwart förmlich auf. Irgendwie hatten sich hier wohl zwei verwandte Seelen gefunden. Doch bald sollte auch ich von Milenas Anwesenheit profitieren. Eines Tages nämlich brachte sie eine junge Frau mit, die gerade aus England zurückgekommen war, um hier ihren Urlaub zu verbringen.

„Ich mache in England eine Ausbildung als Krankenschwester", erzählte die Fremde. „Da die Briten nicht genügend eigenes Personal für ihre Hospitäler bekommen, nehmen sie gerne Deutsche dafür. Und die Bezahlung dort ist sehr gut."

Hatte ich richtig gehört? Es gab tatsächlich ein Land, wo junge Menschen noch Arbeit finden konnten? Wäre das nicht etwas für mich? dachte ich. Der medizinische Bereich hat mich ja schon immer interessiert. Warum also sollte ich noch ein Jahr warten und danach drei Jahre lang hier in Deutschland die medizinisch-technische Fachschule besuchen, wenn ich in England viel schneller beruflich vorwärts kommen kann?" Also fragte ich Milenas Freundin gründlich aus: „Welche Voraussetzungen brauche ich, um nach Groß-Britannien zu kommen? Wie lange dauert die Ausbildung? Wie viel Geld bekomme ich als Lohn? Wie ist die Unterbringung dort? Das Klima? Das Essen? Die Menschen dort?

Die Antworten waren so befriedigend, die Ausbildungsbedingungen jenseits des Kanals offensichtlich so viel besser als im Deutschland der Nachkriegszeit. Vor allem brauchten die angehenden Krankenschwestern dort nicht wie bei uns noch üblich, gemeinsam mit vielen anderen in einem großen Schlafsaal wohnen, sondern wurden in schönen Einzelzimmern mit eigener Dusche untergebracht. Mit eigener Dusche! Konnte ich mir das damals überhaupt vorstellen? Also, mein Entschluss stand schon bald feststand: Ich werde nach England fahren und mich dort als Krankenpflegerin ausbilden lassen! Wenn diese Freundin von Milena in England so gut zurechtkam, warum sollte ich nicht auch dort zurechtkommen? Und so schlecht sind meine englischen Sprachkenntnisse ja auch wieder nicht – schließlich habe ich mich doch mehrere Jahre lang in der Schule mit dieser blöden Sprache herumgequält. Warum also nicht nach England gehen, dorthin, jenseits des großen Kanals? Mal raus aus der Enge der Heimat, den Wind der großen weiten Welt um die Nase wehen lassen! Und hatte ich nicht immer schon Menschen helfen wollen? Als Krankenschwester oder als „Nurse", wie sie in England heißen, würde ich doch jede Menge Gelegenheit dazu haben. Denn auch in England gibt es Kranke, die gepflegt werden wollen. Na also, dann nichts wie hin! Milenas Freundin hatte mir ja gezeigt, dass das Tor „Zum Westen" offen stand für die, die den Mut hatten, es zu durchqueren. Und ich, ich hatte diesen Mut!

Als Gastarbeiterin nach England

„Man muss weggehen können und doch sein wie ein Baum, als bliebe die Wurzel im Boden, als zöge die Landschaft und wir ständen fest" – schrieb Hilde Domin in einem ihrer Gedichte. Weggehen! Die meisten Menschen verschieben ihre Träume auf später. Wenn ich groß bin! Wenn ich Geld habe! Wenn ich in Rente gehe! Ich jedoch habe - als mir klar wurde, dass für mich zurzeit kaum eine Chance bestand, hier in Deutschland einen Ausbildungsplatz zu finden - beschlossen, auszuziehen, um die Heldin meines eigenen Lebens zu werden. Ich wollte jetzt leben, jetzt meine Träume verwirklichen, jetzt etwas von der Welt sehen. Eine neue Orientierung? Ein anderes Land? Warum nicht? Warum nicht in England Krankenpflegerin werden? Ja, warum nicht? Jeder Neuanfang ist ein Versprechen. Doch der Abschied fiel schwer. Meine Seele war auf halbmast, meine Wurzeln wollten die angestammte Erde nicht loslassen – das Elternhaus, den Kohlenpott, die Heimat! Und das auf unbestimmte Dauer! Ja, „auf unbestimmte Dauer", wie lange wird das sein? Ich wusste es nicht. Es könnte eine lange, lange Zeit sein.

Sehr lebendig steht mir noch der Abschied von Mama vor Augen. Da mein Zug schon bei Tagesgrauen abging, hatten wir uns bereits am Abend vorher Lebewohl gesagt. Doch als ich mich dann in der Frühe leise aus der Wohnung schleichen wollte, stand Mama plötzlich vor mir – barfuß, im langen Nachthemd, das schneeweiße Haar offen und darunter die tiefblauen Augen groß geöffnet, diese klaren, durchschauenden Augen, die mich so oft so zärtlich angeschaut haben, die sich jetzt mit Tränen füllten. „Ach, Kindchen", sagte sie, während die Tränen über ihr Gesicht rannen, „ach Kindchen, fahr du ruhig. Es wird sicher gut für dich sein." Und tapfer wischte sie sich die Tränen fort und drückte mich noch einmal an sich. Dabei sah sie aus, wie aus einem Traum gerufen, und sie selber wirkte wie ein Traum.

Ich hatte nicht gewollt, dass Mama mich zum Bahnhof begleitete. Ich hasse öffentliche Abschiedsszenen. Ein Taxi brachte mich mit meinem kleinen, armseligen Gepäck zum Bahnhof. Allenthalben auf dem Bahnsteig war Leben, standen Leute, die gesetzt, heiter, traurig, ernst, jung, alt, gleichmütig oder erregt waren. Schon lief der Zug ein. „Einsteigen bitte", rief der Bahnbeamte aus, und sofort kam Bewegung in die wartenden Gruppen. Man sah Leute einander umarmen, sich küssen, sich innig die Hände drücken, weinen, lachen, sich noch mal umdrehen, bevor sie sie hastig in die Wagen kletterten.

Dann kam der Augenblick der Abfahrt. Die Wagentüren wurden geschlossen, das Pfeifsignal ertönte, die Lokomotive stöhnte auf, und die Räder begannen sich zu drehen. Die Reisenden winkten den am Bahnhof Zurückgebliebenen zu, die ebenfalls ihre Tücher schwenkten. Noch konnte man sie sehen, schließlich wurden sie kleiner und kleiner, bis der Zug um eine Biegung fuhr und der Bahnhof verschwand.

Großer Gott, dachte ich, ich fahre. Die Mama wird morgen früh um sechs Uhr aufstehen wie jeden Tag. Wo aber werde ich um die Zeit sein? Und wann werde ich wieder bei Mama sein? Doch dies war nicht die Zeit, bereits an eine Rückkehr zu denken. Zunächst einmal musste ich ja mein Ziel in England erreichen.

In Hook van Holland angekommen, hatte ich etwa eine Stunde Zeit, um am Hafen herum zu trödeln, dann ging ich zum Pier, an dem die Fähre nach Harwich vor Anker lag. In der Umgebung der Fähre herrschte grauer Alltag. Berge von Kisten und Fässern mussten noch verladen werden. Kräne und Hebebäume schwenkten in verwirrendem Rhythmus hin und her. Motoren dröhnten, Ketten rasselten. Das Schiff selbst aber lag da, als habe es mit dem hektischen Treiben nichts zu tun. Menschen wimmelten über den Pier, Wasser schlug aufgebracht gegen die Kaimauer. In der Luft hing ein Übelkeit erregender Gestank, eine Mischung aus verbranntem Teer und faulendem Fisch. Ich legte den Kopf in den Nacken und betrachtete mit zusammengekniffenen Augen die dunklen Wolkenbänke, die sich über der Küste stapelten.

Es herrschte nasskaltes Novemberwetter, als ich – die linke Hand am Griff meines billigen Pappkoffers, die rechte am Geländer einer wackeligen Gangway - die Fähre nach England bestieg. Abschiedsrufe erklangen, weiße Taschentücher flatterten im Wind, Motoren erwachten zum Leben. Ein Mann und eine Frau standen an der Reling. „Wo liegt England?" fragte er. Sie deutete nach links übers Wasser, „Da hinten, da liegt England, ist doch wohl klar, oder?" Plötzlich hatte der Dampfer es eilig. Mit einem wehmütigen Tuten legte er ab, und ganz allmählich entschwand der Hafen aus meinem Gesichtsfeld. Der Bug des Schiffes drückte tief ins Wasser. Die Ferne sank vom Himmel nieder. Der Frieden des beginnenden Abends lag in der Luft. Von der Küste her blinkten noch drei oder vier kleine Lichter, ansonsten war nichts zu erkennen, nichts als schwarzes Meer und schwarzer Himmel, so schwarz, dass vom Horizont keine Spur erkennbar war. Vor uns, hinter uns, unter uns „Meer" – nichts als „Meer". Das war ein ganz neues Gefühl für mich. Ich starrte auf die Weite des Meeres, als ob in seinem blau-grauem Widerschein die Rätsel der Vergangenheit geschrieben stünden. Ich erinnerte mich an den Bernstein und die Muscheltruhe – die Erbstücke meiner Großmutter. Dabei befand ich mich erst am Anfang meines Lebens, sollte meine eigenen Schätze entdecken, meine eigenen Erfahrungen machen.

Die achtstündige Fahrt über den Ärmelkanal stellte ich mir wunderbar vor. Ich hatte Bilder gesehen von schönen Schiffen mit herrlichen Speisesälen, Treppenaufgängen mit Palmen und roten Teppichen, auf denen die Stewards geschäftig hin und her liefen. Es musste wirklich eine Lust sein, so zu reisen. Und was es dort alles zu essen gab! In unserer Zeitschrift „Daheim" war eine Speisekarte mit vielen Schnörkeln abgebildet, sie enthielt *sechs* Gänge. Mir lief das Wasser im Mund zusammen, wenn ich daran dachte. Nun ja, im Nachkriegsdeutschland gab es nicht viel, da musste man das Fehlende durch Phantasie ersetzen. Doch auf diesem Schiff, da wollte ich einmal am Tisch des Kapitäns sitzen und speisen wie eine Lady.

Doch dazu sollte es nicht kommen. Erstens, weil ich nur ein Ticket der einfachen Klasse hatte, also keinerlei Anspruch auf die Gesellschaft des Kapitäns erheben konnte. Zweitens aber, weil mir schon allzu bald kotzübel wurde. Dabei fand ich es absolut unwürdig, seekrank zu werden. Aber ich muss bekennen, dass ich bereits beim ersten Schlingern der Fähre schleunigst das Deck verließ, um im unteren Teil des Schiffes in allerletzter Minute die rettende Tür zu Lady's Room aufzureißen. Erst Stunden später sollte ich – noch immer grün im Gesicht wie ein Grashüpfer – das stille Örtchen wieder verlassen. Eine verständnisvolle Mitreisende kümmerte sich um mich und hielt mir schweigend einen Becher mit Brandy hin, den sie aus ihrer Thermosflasche gezaubert hatte. Danach wankte ich zu meiner Kabine, blieb stöhnend und ächzend in der Koje liegen und dachte nicht mehr daran, den Diningroom aufzusuchen oder an Deck das Gleiten des Schiffes durch die relativ ruhige See zu bewundern. Auch das Büchlein *„Am Alltag vorbei"*, das mir Mama als letzten Gruß aus der Heimat mit auf den Weg gegeben hatte, blieb unberührt in meiner Handtasche verborgen. Dabei hätten mich die leicht verwegenen Liebesgeschichten darin sicher aufheitern können. Statt dessen beobachtete ich durch das Bullauge, wie die Wolken über den Nachthimmel trieben und sich im Schein des Mondes in bronzefarbene kleine Schiffe verwandelten, und langsam kehrten meine Lebensgeister wieder zurück.

Als sich die Fähre dem Hafen von Harwich näherte, stieg im Osten wie eine goldene Seifenblase die Sonne über dem Wasser auf. Kaum zu glauben, dachte ich. Ich bin dabei, in England zu landen, dem gelobten Land der selbstvergessenen poetischen Träume, dem Land von Shakespeare und Lord Byron, dem Land, das sich auch heute noch einen echten König leisten kann. Jetzt werde ich mich erstmals mit den Engländern auf Englisch über englische Kultur unterhalten können. Aufgeregt fieberte ich diesem Augenblick entgegen. Im Zeitlupentempo legte die Fähre an, und das Dröhnen der Schiffsmotoren ging unter im dröhnenden Wortschwall des Lautsprechers, der mit großem Stimmaufwand irgendwelche Ansagen kläffte. Doch so sehr ich mich auch bemühte, ich verstand kein einziges Wort. O Scheiße! dachte ich, jetzt sitze ich in der Falle und kann nicht mehr zurück! Mir rieselte es kalt den Rücken herunter. Da stand ich nun allein in einem fremden Land, dessen Sprache ich nur unzureichend beherrschte, und fühlte mich richtig verloren. Ich schien die Letzte zu sein, die von der Nachtfahrt übers Meer noch übrig geblieben war. Die übrigen Passagiere hatte der Wind bereits in alle Himmelsrichtungen verweht. Wie sollte es nun weitergehen? Wie sollte ich hier je zurechtkommen? Und überhaupt, wie konnte ich erwarten, dass man mich, eine Deutsche, eine ehemalige Feindin – nur wenige Jahre nach dem unseligen Krieg - hier freundlich aufnehmen würde?

Die Luft war schwer wie Nebel, durchdrungen vom Geruch nach Meer und Tang. Mild, doch voll sanfter Farben graute der Morgen. Die Erde wurde röter und röter. Salz füllte die Augen, die Nase, den Mund. Eigentlich hatte ich erwartet, dass irgendwer aus meiner künftigen Arbeitsstelle - dem Essex-County-Hospital in Colchester - mich am Hafen in Empfang nehmen würde. Doch niemand wartete auf mich. Was nun? Sollte ich mich davon unterkriegen lassen? Nein, dachte ich, irgendwie werde ich schon weiterkommen. Ich wandte mich dem Bahnhof zu, der in unmittelbarer Nähe des Piers lag und studierte dort eindringlich den dort ausgehängten Fahrplan. Aber von diesem Plakat starrten mich nur unbekannte Namen an. Mein Ziel – Colchester – entdeckte ich darauf nicht.

Unsicher blickte ich mich um. Da kam ein älterer Herr auf mich zu, der mich wohl schon eine Weile beobachtet hatte - ein Gentleman mit einem verknitterten, aber nicht unsympathischen Gesicht. Helga Brase – deren Vermittlung ich den Ausbildungsplatz im Hospital von Colchester verdankte - hatte mich in ihrem letzten Brief gewarnt: „Trau keinem Engländer! Sie sind zwar höflich, aber stur und kalt bis in die Nasenspitze."

Dieser Mann jedoch hatte so gütige graue Augen und strahlte trotz seiner unverkennbar britischen Art soviel Wärme aus, dass ich Vertrauen zu ihm fasste. Er schien nichts Böses im Sinn zu haben, wollte mir sicher nur helfen, weil ich so verloren aussah auf diesem einsamen Bahnhof.

„May I help you, Madam?" fragte er höflich. „Kann ich Ihnen helfen?" Dankbar blickte ich ihn an. Und in meinem holprigen Englisch erzählte ich ihm, dass ich gerade erst von Deutschland gekommen wäre und nach Colchester weiter fahren müsste, wo ich als neue Mitarbeiterin in einem Hospital erwartet würde, dass mich aber niemand abgeholt hätte und ich nun nicht wüsste, wie ich weiterkommen sollte.

Geduldig hatte der Gentleman mir zugehört, hatte gezielte Fragen gestellt, wobei er sich bemühte, besonders deutlich zu sprechen. Und siehe da, es klappte wirklich gut mit unserer Verständigung. Als ihm mein ganzes Dilemma klar geworden war, suchte er den Bahnhofsvorsteher auf und fragte ihn, wie ich am besten nach Colchester weiter reisen könnte. Er ließ sich auch vom Bahnwärterhäuschen aus telefonisch mit der Oberin des Hospitals in Colchester verbinden und bat sie, mich dort vom Bahnhof abholen zu lassen. Nachdem all dies geklärt war, ließ es sich der gute Mann nicht nehmen, mich zu einer obligatorischen Cup of Tea im Wartesaal einzuladen, um dabei in Ruhe das Einlaufen meines Zuges abzuwarten. „Eigentlich", erklärte der Gentleman, „sollte auch meine Frau mit der Fähre aus Holland hier eintreffen. Doch wahrscheinlich hat sie die Fähre verpasst und kann nun erst mit dem nächsten Schiff in vier Stunden ankommen. Ich habe also noch Zeit und werde Sie ein Stück mit der Bahn begleiten, damit Sie in Ipswich, wo Sie noch einmal umsteigen müssen, den richtigen Anschlusszug erwischen. Schließlich kann man eine junge Lady doch nicht ohne Hilfe lassen."

Und so fuhren wir die nächsten drei Stationen gemeinsam. Als es Zeit war, umzusteigen, brachte mich mein edler Ritter zu dem Zug, der mich nun endgültig nach Colchester bringen sollte. „Bitte", bat er die Mitreisenden meines Abteils, „passen Sie gut auf, dass die kleine deutsche Miss ihr Ziel nicht verfehlt. Sie muss in Colchester aussteigen." Und meine Mitreisenden nahmen diese Bitte sehr ernst, kümmerten sich rührend um mich, versorgten mich mit allerlei Knabberzeug und überschlugen sich beim Versuch, mir während der Fahrt noch allerlei englische Wörter beizubringen. Meine anfängliche Beklommenheit war restlos vergangen - bei so viel Freundlichkeit ging meine Seele auf wie ein Hefekuchen. Dies war sicher die schönste Englischstunde, die ich in meinem jungen Leben hatte. Und als hätten meine Mitreisenden nicht schon genug für die „kleine Deutsche" getan, erhielt ich zusätzlich noch eine kurze Lektion in englischem Humor. Als unser Zug nämlich ohne Halt an der nächste Station durchfuhr, sahen wir, wie dort der Hund des Bahnhofsvorstehers aus dem Wärterhäuschen stürzte und mit wütendem Gekläff dem Zug nachrannte.

„Macht er das immer?" fragte ein Reisender. „Ja, jeden Tag", antwortete ein anderer. „Was denkt er sich dabei?" „Keine Ahnung. Ich frage mich schon lange, was er wohl mit dem Zug anfangen wird, wenn er ihn wirklich mal zu fassen kriegt."

Oh, thank you, dear Ladies and Gentlemen, thank you for helping me so kindly on my first day in your Country! Danke für Ihren so liebevollen Empfang in Ihrem Land!